Club der blinden Neurochirurgen
Erste Anthologie

Impressum

Erstveröffentlichung August 2020
Korrektorat: Matthias Höhne
Lektorat (außer S. 7, 51-58, 61-67): Matthias Höhne
Layout/Satz: Alexandra Völker
Covergestaltung: Alexandra Völker
Originalausgabe

Club der blinden Neurochirurgen
c/o Books on Demand GmbH
In de Tarpen 42
22848 Norderstedt
Deutschland

E-Mail: kontakt@clubderblindenneurochirurgen.de

© 2020 Artelt, Marie-Luise; Bandel, Anne; Goebel, Rudolf; Yahoual, Eva Katrin
Herstellung und Verlag: BoD – Books on Demand, Norderstedt
ISBN: 9783751969956

Licht aus!

Club der blinden Neurochirurgen
Erste Anthologie

Inhalt

Vorwort

Korrekt bis zum Tz, lüpft ein Herr zum Gruß den Hut, befühlt dabei etwas Weiches, verborgen in seiner Manteltasche …
Ein Junge sitzt am Bett seines Vaters, Zeitungen bedecken den Fußboden, und noch etwas liegt da …
Feuer überall, beißender Geruch, rasender Lärm, ein Mensch flüchtet …
Ein Wanderer schreitet durch den Wald, beseelt von der Hoffnung, dieser schwere Fels dort möge fallen, direkt auf ihren Kopf …

Der Club der blinden Neurochirurgen hat sich dem Schreiben verschrieben, dem Erfinden von Leben, dem Sezieren von Sein, dem Betrachten von Abgründen.
Die vier AutorInnen aus Berlin steuern je zwei Kurzgeschichten zu dieser Anthologie bei, die den Startschuss für eine Reihe literarischer Eingriffe in das Zeit-, Gefühls- und Gedankengeschehen unserer gemeinsamen Erlebnissphäre bildet: das Leben als solches in seinen abwegigen, witzigen und grausamen Besonderheiten.

Licht aus

Marie-Luise Artelt

H: *Heinrich, Alkoholiker, herzkrank*
U: *Ulrike, unglücklich verheiratet*
HW: *Herr Werner, dubioser Galerist*

H: »Das ist also Kunst. Welch bescheidener Anblick.«

U: »Du bist der einzig bescheidene Anblick, mein lieber Heinrich.«

H: »Ich hab ja wohl noch mehr Charme als dieser schwarze Klecks hier, einfach in die Mitte der Leinwand geklatscht. Was soll das überhaupt *darstellen*?«

U: »Kunst, das stellt Kunst dar.«

H: »Ich verstehe diese Kunst nicht.«

U: »Nicht jeder hat so einen begrenzten Horizont wie du, Heinrich.«

H: »Mein Horizont ist nicht begrenzt. Und dumm bin ich auch nicht.«

U: »Das habe ich ja auch gar nicht gesagt. Dir fehlt halt nur der nötige Intellekt, um solch ein Kunstwerk verstehen zu können.«

H: »Ich würde mir dieses Bild trotzdem nicht in meine vier Wände hängen.«

U: »Dazu zwingt dich ja auch keiner. Außerdem kannst du dir das Gemälde ja sowieso nicht leisten.«

H: »Selbst wenn ich im Geld schwimmen würde, diesen Klecks von Kunst würde ich nicht kaufen.«

U: »Dieser Klecks hat mehr Tiefgang als du, Heinrich.«

H: »Ach?«

U: »Er ist expressiv, aussagekräftig, er hat Charakter.«

H: »Es ist ein Klecks, Ulrike.«

U: »Ja, aber nicht irgendein Klecks, Heinrich. Da geht es eben um den Intellekt, um Kultur. Aber das versteht dein Bauernhirn natürlich nicht.«

H: »Man muss nun wirklich keinen Intellekt besitzen, um einen Farbklecks auf eine weiße Leinwand zu malen.«

U: »Nur weil du das Gemälde nicht verstehst, heißt das noch lange nicht, dass es einfältig ist. Du musst zwischen den Zeilen lesen und den tieferen Sinn hinter der Farbe erkennen. Aber Kunst versteht nun mal nicht jeder.«

H: »Gott sei Dank, sonst würde bald in jedem Wohnzimmer solch ein scheußliches Exemplar hängen.«

U: »Also ich finde es sehr ansprechend.«

H: »So siehst du auch aus.«

U: »Sei bloß still.«

H: »Also mich macht das Bild langsam etwas ungehalten, lass uns weitergehen.«

U: »Du machst mich auch ganz ungehalten, Heinrich! Etwas mehr Kultur würde dir wirklich guttun.«

H: »Kultur ist der Ursprung allen Übels.«

U: »Das ist die Kirche, Heinrich.«

H: »Ja, die auch. Und was wird in der Kirche praktiziert? Kultur! Die stecken alle unter einer Decke.«

U: »Übertrag deine paranoiden Wahnvorstellungen bitte nicht auf die alten Meister der Kunst.«

H: »Ich dacht', die sind alle tot.«

U: »Das bist du hoffentlich auch bald, Heinrich.«

H: »Wär'n wir mal besser ins Gasthaus gegangen.«

U: »Mensch, Heinrich, wir können nicht jede Woche ins Gasthaus gehen. Und jetzt sei still, ich möchte die Kunst auf mich wirken lassen.«

H: »Ich geh eine rauchen. Du kannst ja weiter den Klecksen beim Zerlaufen zuschauen.«

U: »Eine Beerdigung ist teurer als manches Gemälde, Heinrich.«

H: »Soll mir recht sein. Licht aus, Intellekt tot.«

U: »Jetzt hau schon ab!«

H: »Was bist du heut' bloß für ein Sensibelchen. Meine Güte, das macht dich auch nicht attraktiver.«

U: »Die Zigarette in deiner Gosche auch nicht, und jetzt zieh Leine! Du störst mich in meiner Kontemplation.«

H: »Jaja, du mi-mich … Oh Schreck. *Ulrike!* Mein Herz …«

U: »Bitte? Welches Herz?«

H: »Ulrike … Ich meine es ernst …«

U: »Ich auch. Ich muss nur an all die Tage zurückdenken, an denen ich in der Küche saß und hoffte, dass du mit einem Blumenstrauß nach Hause kommst. Nie, Heinrich! Nie hast du mir auch nur einmal gezeigt, dass du ein Herz besitzt. Du hast nichts weiter als einen kantigen Stein in deiner verrauchten Brust sitzen!«

Krach!

U: »Heinrich? – *Heinrich?* Ja was liegst du da jetzt so blöd rum?«

HW: »Guten Tag, die Dame.«

U: »Guten Tag. Sind Sie etwa der Inhaber dieses elitären Schuppens?«

HW: »Sehr richtig. Wie kann ich behilflich sein?«

U: »Ihre dekadente Kunst hat meinen Mann auf dem Gewissen.«

HW: »Mein Beileid.«

U: »Nicht der Rede wert.«

HW: »Dann ist ja gut.«

U: »Ja. Ist Ihr Geschäft rentabel?«

HW: »Wir können nicht klagen.«

U: »Großartig. Kann er hierbleiben?«

HW: »Wer?«

U: »Na mein Mann.«

HW: »Hier?«

U: »Ja. Er sieht genauso scheußlich aus wie Ihre Kunst. Für ein paar Hunderter geht der schon weg. Ich sag Ihnen, nicht mal eine vertrocknete Rose hat er mir in all den Jahren mitgebracht, und wir waren fast vierzig Jahre verheiratet. Vierzig Jahre! Können Sie sich das vorstellen?«

HW: »Nein.«

U: »Ich mir auch nicht. Ja, geschieht ihm ganz recht. Licht aus, Intellekt tot, Mann auch. – Haben Sie vielen Dank.«

HW: »Nicht der Rede wert. Kann ich sonst noch etwas für Sie tun?«

U: »Ja, Sie führen doch bestimmt Wein in Ihrem dekadenten Etablissement?«

HW: »Selbstverständlich.«

U: »Sehr gut. Schenken Sie mir ein Glas ein. Darauf muss angestoßen werden.«

HW: »Auf den Tod Ihres Mannes?«

U: »Nein, auf die ganze Kohle, die ich nicht für einen Auftragskiller ausgeben muss. Südsee, ich komme. – Prost!«

Feierabend

E. K. Yahoual

Es waren viele Zahlen, unzählige Zahlen, Ziffern, die den Raum zu erfüllen schienen, in Rot und in Schwarz. Er wusste natürlich genau, dass es sehr wenige Menschen gab, die sich hierfür wirklich begeistern konnten. Ihm aber waren sie ein Trost, seine Zahlen. Zumal in diesen verrückten Zeiten, in denen der Krieg zwar schon einige Jahre zurücklag, das Leben der Menschen aber ständig schwieriger zu werden schien. Viele entwickelten angesichts der alltäglichen Tristesse zwischen Kohleintopf und geruchsintensiver Außentoilette im handtuchgroßen Hinterhof ein Faible für das Kino. Je bunter und opulenter, desto lieber. Auch seine junge Frau teilte diese Leidenschaft. Ständig lag sie ihm damit in den Ohren und drängte ihn mit Vorliebe dazu, sich mit ihr besonders gefühlsduselige Romanzen anzusehen.

Ach du lieber Herrgott! Er war doch schließlich ein Mann. Ein nüchterner Verstandesmensch. Aber sie wollte es partout. Grässlich, dieser rührselige Kram. Wer brauchte denn so was? In diesen Schmalzschinken wurde kindisch geschmachtet, völlig weltfremd gelebt und erst recht ganz und gar unrealistisch geliebt. Dazu kostete der Mist nur und war wirklich für gar nichts gut.

Zahlen hingegen, die besaßen unleugbar einen festen Wert. Und darüber hinaus bildeten sie in den von ihm akribisch geführten Tabellen auf den Seiten seiner Registraturbücher sehr hübsch regelmäßige Muster – von, wie er fand, beachtlichem ästhetischem Wert.

Seine Hände, die diese vielen Seiten eifrig mit ebenjenen Mustern bedeckten, waren halb jung, so könnte man sagen. Sie wiesen noch nahezu keine Altersflecken auf. Und dazu nicht das geringste Merkmal, das einen Hinweis auf die furchtbare Tat hätte geben können, die er mit ihnen zu begehen gedachte.

Obwohl ich erst zehn Jahre alt war, ahnte ich doch, dass sein Büro, in dem er tagein, tagaus saß, ihm eine echte Zuflucht war.

Wohlgemerkt: gewesen war.

Unglücklicherweise.

Erst vor fünf Minuten hatte das Telefon geklingelt. Er hatte den Anruf nicht angenommen, denn es war klar, dass es nur sie sein konnte. Es war nämlich ihre Zeit. Jeden Tag, vom Montag bis zum lieben Freitag, rief sie ihn um diese Uhrzeit an.

»Nur so, weil ich deine Stimme hören will!«, flötete sie in den Hörer, wenn er fragte, worum es denn ginge.

Martha!

Sie schien nicht begreifen zu können, dass er einfach nur seine Ruhe wollte und sonst weiter gar nichts.

Grabesruhe. Er fand selbst, dass dieses Wort etwas Irritierendes an sich hatte, aber eigentlich beschrieb es ziemlich exakt das, was er ersehnte. In Ruhe gelassen zu werden, ähnlich der Art, wie es denen, die im Grabe lagen, ganz selbstverständlich zukam. Niemand käme auf die Idee, die teuren Verblichenen zu behelligen. Nicht mit wichtigen Anliegen, und schon gar nicht mit profanen Nebensächlichkeiten. Je länger er mit Martha zusammen war, desto herzlicher begann er, sich diese Grabesruhe zu wünschen, und zwar vor allem für sie. Läge die Frau sechs Fuß unter der Erde, nun, dann …

Es machte ihm zunehmend mehr Mühe, diesen Wunsch aus seinem Kopf zu verbannen. Mal gelang es ihm, ihn in ganz und gar abgelegene Gegenden seines Hirns zu verbannen, die er selten aufsuchte und wo er dann, je nachdem, für einige Stunden oder gar Tage in Vergessenheit geraten konnte, mal verlegte er ihn in die Gefilde des Galgenhumors. Anfänglich hatte er immer wieder geduldig versucht, ihr zu erklären, worum es ihm zu tun war. Schließlich war sie ja keineswegs dumm. Aber es erwies sich, dass sie leider vollkommen unrettbar eingenommen war von ihrer Idee einer Ehe als heiler Puppenstubenwelt, in der es nun einmal dazugehörte, seinen Ehemann nach Kräften zu verhätscheln und mit vielen kleinen Aufmerksamkeiten zu bedenken. Tagtäglich aufs Neue, unbeirrbar und außerstande, davon auch nur ein My abzurücken. Jeder einzelne seiner Versuche, sie auf den seiner Ansicht nach einzig rechten Pfad der ungezuckerten Realität zurückzuführen, prallte wirkungslos an ihr ab. Schließlich musste er davon ausgehen, dass Martha trotz seiner wiederholten Einlassungen nicht wahrzunehmen bereit war, wie sehr es ihn störte, dass ihr ganzes Lebensglück sich allein darin zu erschöpfen schien, mit ihm verheiratet zu sein.

Nein. Vater war nicht gewalttätig.

Nicht grundsätzlich, und öffentlich schon überhaupt nicht.

Aber Martha war ein Quäntchen zu viel für seinen sorgfältig zelebrierten Gleichmut. Nach Mutters Tod hatte er sie sehr schnell geheiratet, denn trotz all seiner Sehnsucht nach Abgeschiedenheit ertrug er das Alleinsein schlecht. Schließlich musste doch irgendjemand jenes geordnete Gleichmaß, von dem er daheim umgeben zu sein wünschte, herstellen und auch aufrechterhalten. Jemand, der den Haushalt ordentlich und korrekt führte. Jemand, der dafür sorgte, dass die Mahlzeiten zur rechten Zeit auf dem Tisch standen und dass wir Kinder am Morgen pünktlich das Haus verließen, um rechtzeitig in der Schule zu erscheinen. Und natürlich brauchte er auch jemanden, der ihm, wenn er gegen fünf Uhr nachmittags nach Hause kam, bei einem Drink Gesellschaft leistete. Jemand Adrettes. Jemand, der hübsch anzuschauen war und genau wusste, wie er seinen Whisky mochte. Jemand, der sich nicht nur geduldig, sondern auch aufmerksam anhörte, dass sich Bill aus der Registratur heute wieder einmal selten dämlich angestellt hatte. Jemand, der bereit war, davon überzeugt zu sein, dass er, Vater, derjenige war, der den ganzen Laden dort am Laufen hielt, und ihn aufrichtig dafür bewunderte. Für solcherlei vielschichtige Dienstleistungen eignet sich nun einmal nur eine Ehefrau.

Und Martha war eine sehr hübsche.

Vater und sie kannten einander seit knapp zwei Jahren. Eines Tages hatte man sie ihm ins Vorzimmer gesetzt, um seine Diktate zu stenografieren. Als Mutter dann so schwer erkrankte, hatte Martha sich ihm besonders liebevoll und fürsorglich zugewandt. Der arme Mann mit den drei Kindern und der todkranken Frau! Das hatte ja jedermanns Herz angerührt, aber ihres ganz besonders.

Außerdem war Vater ein nicht ganz unvermögender Mann in gesicherter Position mit eigenem Häuschen, während sie selbst aus eher ärmlichen Verhältnissen stammte. Viele junge Männer ihres Alters waren aus dem Krieg nicht heimgekehrt. Ein Witwer wie Vater, für sein Alter noch gut in Schuss, das war eine Partie, nach der sich die Hälfte der weiblichen Bevölkerung Großbritanniens die Finger leckte.

Die große Standuhr schlug halb fünf. Vater saß jetzt aufrecht in seinem Lehnstuhl und vervollständigte bedächtig die Tabelle, die er gerade ausfüllte. Als er damit fertig war, klappte er das große Kontobuch zu, legte alle Schreibutensilien sorgsam zurück an ihre angestammten Plätze auf der lederbezogenen Schreibtischunterlage und stand auf. Am Garderobenständer stehend, drapierte er geschickt den gemusterten Schal aus Krawattenseide um sein Anzugrevers, zog den Trenchcoat über und setzte seinen Hut auf. Die Tür zum Vorzimmer quietschte leise, als er sie öffnete. Seiner neuen Sekretärin, einer etwas ältlichen, leicht bitteren Person mit strengem Dutt, die seit einem knappen Jahr hier tätig war, wünschte er beiläufig einen guten Abend und trat auf den Gehsteig hinaus. Gedankenverloren fingerte er in seiner Manteltasche an einem Gegenstand herum.

Er ging zügig zur Bushaltestelle und reihte sich in die Schlange der Wartenden ein. Um eine Minute verspätet hielt der grüne Doppeldecker am Bordstein. Mit dem Strom der zusteigenden Fahrgäste ließ Vater sich ins Oberdeck spülen, auf einen Sitz am Gang. Nach exakt zwölfeinhalb Minuten Fahrzeit langte der Bus an der Haltestelle in der Newark Street an. Dort stieg Vater aus, wie jeden Tag der Woche von Montag bis Freitag.

Auf dem kurzen Heimweg befühlte seine Hand in der dunklen Manteltasche unablässig jenen weichen Gegenstand, der sein Herz ruhiger schlagen ließ. Mrs. Helm, die Nachbarin von gegenüber, kam ihm auf der Straße entgegen. Vater lüpfte höflich den Hut, und sie nickte freundlich zurück. Ganz gewiss kam ihr an ihm nichts ungewöhnlich vor.

Statt seinen Hausschlüssel zu benutzen, klingelte er, ganz wie er es immer tat. Drinnen hörte Martha das Läuten. Sie war gerade dabei, im Wohnzimmer den Whisky für ihn bereitzustellen. Nebst der geliebten Eiswürfel, von denen er gern exakt drei Stück in sein Glas nahm. Die letzten Strahlen der untergehenden Sonne erfüllten den Raum mit einem kupferfarbenen Leuchten.

Martha eilte durch den Korridor, um ihn einzulassen, nicht ohne einige Sekunden vor dem Garderobenspiegel stehen zu bleiben, wo sie die Schürze ablegte und ihre Frisur richtete. Nichts hatte sie auszusetzen an sich und schenkte ihrem entzückenden Spiegelbild ein zufriedenes Lächeln. Dies nahm sie mit an die Haustür und öffnete.

Heute war Donnerstag. Der Tag einer jeden Woche, an dem sie »Zeit füreinander« hatten, Vater und sie. Freie Bahn sozusagen. Jeremy und ich waren kurz zuvor zum Klavierunterricht aufgebrochen, und unser großer Bruder Randolph würde noch bis sieben Uhr beim Hockey sein.

Martha ging voraus, den Flur entlang ins Wohnzimmer, hielt an der Schwelle kurz inne und drehte sich um, um Vater zuzuzwinkern. Der legte seinen Hut auf der Garderobe ab. Noch im Trenchcoat betrat er das nach Kaminfeuer duftende Zimmer. Martha schloss die Tür und half ihm aus dem Mantel. Er spürte ihren warmen Atem in seinem Nacken, als sie ihm einen Kuss auf die Schulter hauchte, in seiner Hand das weiche, kurze, unscheinbare Seil.

Martha bemerkte es gar nicht.

Sie wandte sich um und legte seinen Mantel auf dem dunkelgrünen Plüschsofa ab. Vater ging ihr nach, stellte sich hinter sie und löste mit seiner Linken die Schleife in ihrem Haar. Sie gurrte wie ein Ringeltäubchen, als er zärtlich seine Hände auf ihre Schultern legte, wie um ihr den Nacken zu massieren. Dann umfing er sie mit beiden Armen, und sie presste ihr wohlgeformtes Gesäß fest gegen seinen Schoß. Ohne jede Eile, aber äußerst behände, schlang er in einem einzigen Augenblick das graue Seil um ihren Hals und zog die Schlinge kraftvoll zu.

Fest musste er ziehen, sehr fest. Martha versuchte, ihre Fingerspitzen zwischen das, was sie würgte, und ihre Kehle zu zwängen, um sich Luft zu verschaffen. Er hielt unnachgiebig die Enden des Seils umklammert. Seine Knöchel wurden kalkweiß, und von der Anstrengung lief sein Gesicht rot an. Es war harte Arbeit, das Leben aus jemandem herauszuwringen. Er keuchte vor Anstrengung, Martha gab fiepende Laute von sich. Nach ewig langen einhundert Sekunden aber war es vollbracht. Wie ein zu schwer beladener, feucht gewordener Karton sackte Marthas Körper in sich zusammen und sank zu Boden. Vater spürte ihr Gewicht auf seinen Füßen. Zitternd betrachtete er die dunkelroten Male, die das Seil quer über seine Handflächen gescheuert hatte. Sie brannten wie Feuer.

Wir standen in der Tür, Jeremy und ich, hatten sie gar nicht leiser geöffnet als sonst auch. Aber er hatte uns nicht gehört. In dem zunehmend dämmrigen Licht konnte ich erkennen, wie er gerade ein blütenweißes Taschentuch aus seinem Jackett fingerte, um sich den Schweiß von der Stirn zu wischen.

»Hallo, Vater!«, sagte ich, meine Stimme klang wohl sehr erstaunt.

Erschrocken fuhr er herum, kam auf uns zu, während ich wie angewurzelt auf Marthas leblosen Körper starrte, unfähig, den Blick davon abzuwenden.

»Wo in Gottes Namen kommt ihr denn jetzt her?«, fragte er.

Väterlich besorgt fragte er das und strich mir liebevoll über die Wange – mit einer der Hände, die gerade Martha stranguliert hatten.

»Mrs. Carter hat Grippe«, antwortete ich ratlos. »Der Klavierunterricht ist ausgefallen.«

Usha unterwegs

E. K. Yahoual

Musik aus den Headphones auf den Ohren, wandert sie zielstrebig die Straße entlang. Es ist kalt, es ist März, abends um Viertel vor sieben. Die schmale Sichel des neuen Mondes glänzt hell am blank geputzten Himmel. Und dort, ganz im Westen, leuchtet rötlich der gute alte Mars.

Gibt's was Besseres?

Nee, gibt nix Besseres!

Ein immer dunkler werdendes, himmlisches Tintenmeer, in das man mit den Augen hinabtaucht wie Captain Nemo mit seiner guten alten Argo oder mit Hyperspace hineinfliegt wie einst Tamara Jagelowsk mit der Orion!

Der Typ, der wartend an der Bushaltestelle steht, beäugt sie skeptisch.

Vielleicht sogar … doch, ein bisschen ängstlich tut er das! Na ja, nein, das stimmt so nicht. Aber irgendwie irritiert sieht er sie an. Usha singt. Leise zwar, dennoch singt sie hörbar mit. Das findet er wohl strange. Überlegt, ob die Alte da etwa stoned ist. Betrunken? Oder verrückt? Wer kann so was auf Distanz schon sagen?

Jetzt entspannt sich sein Gesichtsausdruck. Vermutlich findet er, und zwar zu Recht, dass ihm das egal sein kann. Soll sie doch! Er wendet sich wieder seinem Handydisplay zu, dessen bläulicher Widerschein nicht gerade schmeichelhaft ist für sein Pfannkuchengesicht. Aber das kann ja wiederum ihr egal sein.

Sie singt selbstvergessen vor sich hin, während sie nach oben schaut.

Ist das da Cassiopeia?

Wie diese Lichtverschmutzung nervt!

Das waren kluge Leute, die diesen Begriff erfunden haben. Unwillkürlich fällt ihr der Fluss am Rande von Neu-Delhi ein, von dessen Ufer aus sie einmal die auf dem völlig undurchsichtigen, ockergelben Wasser dahindümpelnden Kotballen und Plastikflaschen beobachtet hat.

Lichtverschmutzung!

Hier in der Stadt kann man wirklich nur die allergrößten Himmelskörper sehen. Verloren funkeln sie aus dem Dunst.

Als Kind auf dem Land, da zeigte sich ihr allabendlich ein überwältigendes Sternenmeer. Die Milchstraße in voller Pracht. Damals hat sie davon geträumt, eines Tages auf dem Dach ihres Elternhauses eine Terrasse bauen zu lassen. Dort wollte sie dann Nacht für Nacht auf dem Rücken liegen, um mit völlig unverstellter Aussicht ganz ungestört den Himmel beobachten zu können. Keinen Horizont würde es geben, durchbohrt von spitzen Kirchtürmen. Nur sie wäre da, ganz allein. Eins mit der Weite des interstellaren Raumes. Nichts würde an ihren Heimatplaneten erinnern. Und es würde sich anfühlen, als schwebe sie, losgelöst von der Erde – welche sie, namentlich der Schwerkraft wegen, ja leider so erbarmungslos festgesaugt hielt.

Und das, wo sie doch endlich dringend loswollte. Nur weg. Fort. Raus.

Am unteren Rand des Tintenmeeres taucht jetzt der 249er-Bus auf, kommt zum Stehen. Mit zischender Hydraulik öffnet sich der Sesam direkt vor ihrer Nase. Usha steigt ein, hält dem Fahrer ihren Fahrschein hin und erklimmt gleich rechts die Treppe zum Oberdeck. Zwei versprengte Grüppchen sitzen da in luftiger Höhe über dem Verkehr. Weit hinten haben fünf pubertäre Teenies je eine Bank belegt und bewerfen einander kreischend mit Gummibärchen. Und vorne, gleich an der Frontscheibe, kleben zwei ältere Touri-Pärchen, alle vier in Jack-Wolfskin-Jacken. Offenbar befinden sie sich auf einer Expedition in die Wildnis. Die rüstigen Herren in Ordnungshüter-Blau, die Damen in flottem Neonpink, jede mit dem obligatorischen Halstuch – selbstverständlich Ton in Ton.

Usha nimmt irgendwo dazwischen Platz. Sie hat aufgehört zu singen. Die vier da vorne, das sind Leute, die, nach ihrem Alter gefragt, gerne mal antworten, sie seien soundsoviel Jahre jung – das sicherste Anzeichen für beginnende Vergreisung.

Aber schließlich muss jeder selbst wissen, wie er mit seinem Leben die Wirklichkeit verfehlen will. Sie jedenfalls ist auf dem Weg zu dieser Lesung. Eine ihrer engsten Freundinnen stellt in einer Galerie ihren neuen Thriller vor. Der Galerist hat einen Narren an ihr gefressen und sie dazu gedrängt, seine Räumlichkeiten dafür auszuwählen. Eigentlich hat Usha sich sehr auf diesen Abend gefreut, aber vorhin musste sie sich regelrecht dazu zwingen, sich halbwegs ansehnlich zurechtzumachen und die Wohnung zu verlassen. Immerhin, sie hat es getan.

Aber sie fühlt sich elend. Bei all dem Zuviel an Beleuchtung ist die Stadt dunkel. So wie auch ihr Herz – alles trüb und ein einziges Durchhalten. Ihr größtes Glück heute war, dass nach dem Dauerdreckswetter der letzten zwei Wochen kurz vor Sonnenuntergang der Himmel endlich aufriss. Dass das Universum ihr endlich wieder etwas natürliches Licht gegönnt hat, endlich wieder einen kleinen Ausblick auf wirkliche Schönheit.

Hier, im kränklichen Gefunzel auf dem Oberdeck des 249ers ist dieser Stecker aber schon wieder gezogen, und die Dumpfheit um sie herum lässt die klebrige Angst in ihrem Inneren wiederauferstehen.

Was soll denn bloß aus ihr werden?

Hat sie noch so etwas wie eine Zukunft?

Und falls ja, was für eine wird das sein?

Realistisch betrachtet ist damit zu rechnen, dass sie noch dreißig, vielleicht sogar vierzig weitere Jahre vor sich hat. Wird da noch was Gutes kommen, oder steht ihr für diesen arg langen Rest ihrer Tage ein Dasein in lähmender Agonie bevor?

Beim Grübeln spürt sie die vertraute Angst im Nacken. Unwillkürlich blickt sie sich um. Aber da sitzt niemand hinter ihr. Nur die Kids dort lärmen immer noch vor sich hin, in seliger Unwissenheit.

Irgendwie muss man sich doch wehren können. Sie muss sich doch wehren können gegen diese verfluchten biblisch fetten Kühe in ihrem Inneren, die nichts weiter zuwege bringen, als die grünen Auen ihres Lebens ringsum bis auf den Grund ratzekahl abzufressen und dabei dreist vorzugeben, Veganerinnen zu sein!

Gegen die Überwältigung durch dieses ominöse, überbordende innerliche Algenwachstum, das die Sinne mit einem zähen Schleimfilm überzieht und gnadenlos gallertartig alles aerobe Leben zwischen den Ohren erstickt.

Draußen huschen die Leuchtreklamen vorbei. Sie steht auf. Die Teenies spurten vor ihr die Treppe hinunter zum hinteren Ausstieg. Der Bus hält an der Uhlandstraße, Ecke Lietzenburger. Die Stadt hat jetzt endgültig alle Sterne verschluckt.

Ach, Mama, denkt Usha seufzend.

Mama?

Wieso denn bloß Mama?

»Ach, Mama!«, singt sie halblaut und lächelt ein bisschen. Dieses Lächeln ist das sprichwörtliche Pfeifen im Walde, ein ungelenker Versuch, das Grauen mit Humor zu beschwichtigen. Vielleicht muss man eben einfach akzeptieren, dass 'es im Leben immer wieder Zeiten gibt, in denen sich nichts zu bewegen scheint. So was hätte zumindest Mama gesagt.

Hätte sie wirklich?

Auf jeden Fall gibt es Zeiten, in denen die Ohnmacht herrscht. Das steht fest. Zeiten, in denen man unterwegs ist durch ein gefühlt endloses Wattenmeer. Und langsam, ganz langsam, aber unaufhaltsam kommt die Flut. Ganz, ganz langsam, beinahe unmerklich zunächst, beginnen die Priele sich zu füllen. Man geht weiter, weil Anhalten gefährlich sein könnte. Prüfend und suchend blickt man um sich. Beherrscht – zunächst noch.

Aber je länger man unterwegs ist, desto mehr steigt mit dem hereinströmenden Wasser auch die Furcht. Wann kommt denn endlich Land in Sicht, oder wenigstens eine verdammte scheiß Warft?

Wann?

Man hält sein Mobiltelefon hoch, überprüft wieder und wieder, ob man nicht endlich Netzempfang hat. Dann könnte man wenigstens die aktuellen Wasserstandsmeldungen im Internet checken. Man hätte wieder GPS, um zu sehen, wie weit der Weg noch ist bis ans rettende Ufer!

An der nächsten Straßenecke biegt Usha links ab. Sie spürt Tränen aufsteigen. Na gut! Was könnte denn schlimmstenfalls geschehen? Was wäre das Worst-Case-Szenario?

Nur allein diese Frage lässt den Flutpegel blitzartig steigen. Sie spürt, wie ihre Gummistiefel volllaufen und der Widerstand bei jedem Schritt zunimmt. So schnell kann's gehen.

Und schneller noch.

Nur an diesem Platz mit der Kirche vorbei, dann muss dahinten gleich die Hausnummer 37 kommen. Schon reicht ihr nämlich das Wasser bis an die Brust. Sie muss die Arme zu Hilfe nehmen, um überhaupt noch voranzukommen. Rudernd kämpft sie sich an der Kirche zu ihrer Linken vorbei. Durch die bunten Glasfenster fällt Licht auf die sich kräuselnden Wellen rings um sie herum.

Jetzt ist es passiert!

Ihre Füße haben den Kontakt zum Boden verloren. Sie kann nur noch schwimmen. Nicht weit entfernt ist die Leuchtschrift der Galerie zu erkennen, in Knallrot. Zwei, drei Häuser noch, vielleicht fünfunddreißig Meter.

Plötzlich kommen heftige Böen auf, die Wellen beginnen sich aufzuschaukeln. Scheiße! Wird sie jetzt von den stürmischen Winden abgetrieben? Die Wogen steigen höher und höher. Sie schlagen schließlich über ihrem Kopf zusammen, das herabstürzende Wasser drückt sie hinab in die Tiefe der dunklen Flut.

Sie kämpft. Sie schlägt wild mit den Armen um sich, versucht, sich über Wasser zu halten. Nein, nicht aufgeben! Jetzt noch nicht!

Ihr Kopf kommt wieder an die Oberfläche. Sie schnappt nach Luft.

Da! Sie hat es bis an die Tür geschafft. Sie muss sie nur noch öffnen.

Unerwartet reißt ein Wellenberg sie nach oben, weg von der Türklinke, die ihre Hand schon beinahe berührt hatte.

Oh nein! Du Arschloch! Du Mistkerl!

Mit letzter Kraft gelingt es ihr, auf die Talseite der Welle zu gelangen. Rasant geht es abwärts. Es ist ein haltloses Stürzen, die nächste Welle könnte sie endgültig mit sich fortreißen. Nur die Klinke nicht verpassen! Gleich muss sie irgendwo da unten auftauchen. Da glänzt es wie Messing.

Pack sie! Feste zupacken, jetzt!

»Guten Abend, darf ich Sie um Ihren Mantel bitten?« Eine blonde Fee an der Tür begrüßt sie mit flötender Stimme. Flockiges Klaviergeriesel bei dezenter Beleuchtung vermengt sich mit dem Klingeln in ihren halb tauben Ohren. Widerstandslos lässt sie sich den Mantel abnehmen und zum letzten freien Platz im Raum begleiten, ganz hinten am Fenster. Eine andere junge Frau, ebenfalls ein ätherisches Wesen, diesmal brünett, nimmt ihre Getränkebestellung auf und eilt davon. Usha fühlt sich maritim, sie hat einen Grog bestellt. Die Musik bricht ab, und unter Applaus betritt ihre Freundin das Podium. Während sie damit beginnt, sorgfältig ausgewählte Passagen aus ihrem neuen Buch vorzulesen, erkennt Usha aus dem Augenwinkel, wie draußen, direkt an ihrem Fenster vorbei, ein majestätischer Eisberg durch die Straßenschlucht driftet. Ein einsamer Pinguin steht verloren auf einem der eisigen Simse.

Der Grog kommt, und da vorne liest die Frau, die sie kennt, dass jemand mit der Schaufel im Garten ein tiefes Loch gräbt.

Zwei Möglichkeiten gibt es jetzt, was den Pinguin betrifft. Entweder ist er ein Pionier. Darauf nimmt Usha einen ersten Schluck. Stark ist er, der Grog. Da muss mehr Zucker hinein. Ordentlich umrühren. Der zweite Schluck ist besser. In dem Fall, dass er ein Pionier ist, der Pinguin da draußen, da werden hier demnächst noch viel mehr von denen auftauchen. Weil das Klima sich wirklich geändert hat. Weil wirklich alles anders werden wird. Oder aber, das ist die zweite Möglichkeit, er bleibt allein. Hat aufs falsche Pferd gesetzt, auf den falschen Eisberg, driftet nun durch Wilmersdorf und wird schlicht und ergreifend verloren gehen. Ein Einzelgänger. Einer, der keine Zukunft hat und einsam verrecken wird.

Vorne im Scheinwerferlicht liest diese Frau – genau, das ist doch ihre Freundin, die kennt sie doch. Jedenfalls liest die Frau vor, wie wiederum jemand diese nämliche Schaufel auf den Kopf kriegt und hinabstürzt in die tiefe Grube. Das Publikum, äußerst vergnügt, lacht und klatscht. Die lesende Frau gibt alles, um trotzdem ernst zu bleiben.

Usha dreht den Kopf ganz zum Fenster, späht gebannt auf die dunklen Wasser hinaus. Still sind sie jetzt, und nichts weit und breit. Der Pinguin ist nicht mehr zu sehen. Ihr Herz klopft hilflos vor sich hin angesichts der gespenstischen Weite, ohne das geringste bisschen Horizont. Sie seufzt. Man kann nur hoffen.

Auf mehr Eisberge.

Nachtkopf

Anne Bandel

Wenn dein Kopf an den Himmel stößt und du in einer rabenschwarzen Nacht durch die Straßen einer großen Stadt eilst, weil du glaubst, es wäre eventuell, vielleicht, der Kettensägenmörder hinter dir her, dann weißt du, du hättest besser auf deine Mutter gehört.

Dann würdest du jetzt bei Buttercremetorte vor dem Fernseher sitzen, und der Musikantenstadl würde ein wenig lärmen und alles wäre gut, und der Hund, der Rudi, der langsam blind wird, der würde im Schlaf schmatzen, und da wäre das Gefühl, dass die Zeit in einer Endlosschleife hängt und nichts passieren kann und nichts passieren wird, ja dass eventuell, vielleicht, nicht einmal ein neuer Morgen anbrechen wird.

So friedvoll wäre es.

Aber so ist es nicht.

Du eilst durch die Straßen, und dein Kopf stößt gegen den Himmel, vielleicht weil der so tief hängt über der Stadt, vielleicht auch weil du denkst, es könnte dir helfen, den Kopf da oben zu haben, dicht am nacht-schwarzen Himmel, der ein bisschen angeschimmelt ist vom Licht der Großstadt.

Aber so ist es nicht.

Deine Schritte sind weich und hastig, du läufst wie eine Haselmaus, weil du glaubst, dann hört er dich nicht und kriegt keine Wut, weil du so laut läufst und so herumlärmst, und das, obwohl es schon Nacht ist und doch alle schon schlafen in der großen Stadt.
Denn: Wer will schon geweckt werden, es ist doch schon alles schwer genug, und das weißt du auch selbst.
Und dann poltert da so ein Landei, so eine Pomeranze durch die Stille der Nacht. Da wäre es nur gerecht, wenn der Kettensägenmörder für Ruhe sorgen würde. Da käme doch keiner zu Hilfe, wenn die Säge ange-schmissen würde und du wie ein Ferkel quiektest, das in seiner rosigen Unschuld von groben Kinderhänden liebkost wird.

Nein, keiner käme.

Man würde vielleicht hinter der Gardine lauern und mur-meln und zischeln: »Ja, das wurde mal Zeit«, oder auch: »Gut, dass wir den Kettensägenmörder hier haben.«
Ja, möglicherweise stünden ein paar von ihnen hinter den Gardinen, auf nackten Füßen.

Und vielleicht würden sie sogar flink in ihre Küchen laufen und ein wenig Torte aus ihren Kühlschränken holen und wieder zum Fenster eilen und ein wenig mümmeln, während du unten reglos auf dem Asphalt stündest, weil du wüsstest, es wäre ganz aussichtslos. Ganz aussichtslos zu fliehen.

Und sie würden kein Licht machen, nein, nur hinter der Gardine stehen. Sie würden kurz überlegen, die Kinder zu wecken, damit die das auch sehen könnten. Die hätten dann was zu erzählen in der Schule, die könnten dann mitreden.

Aber dann würden sie die Kinder doch schlafen lassen, die würden sonst nämlich morgens nicht aus den warmen Bettchen finden, und all das Maulen und Nörgeln, nein, das wäre es nicht wert.

Und du, du schon gar nicht.

Und du würdest unten stehen, und dein Kopf würde den Himmel berühren, vielleicht auch nur, weil dein Kopf so brummt, so wie eine kleine einmotorige Propellermaschine, und ja, in der säßest du jetzt gern, in so einer kleinen Propellermaschine, denn dann wärst du ganz woanders, ganz oben, ganz weit weg, und alles wäre ganz mondlichtern und nachtselig, und es gäbe nur so eine kleine Schicht Schimmel auf allem, von den Lichtern der Großstadt.

Aber so ist es nicht.

Nein, denn es ist eine rabenschwarze Nacht, hast du das schon vergessen?

Da ist kein Mond.

Noch steht niemand hinter den Vorhängen, noch hat dich der Kettensägenmörder nicht eingeholt, noch immer läufst du wie eine Haselmaus weich und leicht durch die Straßen und über die Bürgersteige, auf denen sonst jene laufen, die jetzt in ihren Betten schlummern und die du besser nicht wecken solltest.

Wäre es nicht klüger gewesen, jetzt auch in einem solchen Bett zu liegen? In einem Zimmer, in dem das Licht der Straßenlaterne Jahr um Jahr die immer gleichen Schatten an die Decke wirft?

In dem du Jahr um Jahr schlaflos liegst?

Und das tust du oft, nicht wahr, schlaflos in deinem Bett liegen, sonst würdest du dich nicht mitten in der Nacht auf der Straße herumtreiben.

Jahr um Jahr schaust du an diese Decke, und du weißt, wie zuverlässig dich die immer gleichen Schatten bewachen.

Ich weiß, du sagst, die Schatten beobachten dich.

Findest du nicht, dass du ein bisschen übertreibst?

Meinst du nicht, dass du ein klein wenig merkwürdig bist?

Hast du es nicht ein winziges bisschen verdient, dass jetzt der Kettensägenmörder hinter dir her ist?

Was hast du gegen die Schatten? Jeder hat solche Schatten. Jede Wohnung ist voller Schatten. Das ist normal.

Völlig normal. Was wäre eine Welt ohne Schatten? Glaubst du wirklich, Schatten könnten dich beobachten? Denkst du wirklich, du bist so interessant?

Und wenn du nicht dein Zimmer verlassen hättest? Dann könntest du jetzt aus der Küche deinen Kühlschrank summen hören.
Vertraut und immer gleich.

Aber so ist es nicht.

Du eilst ja durch die nächtlichen Straßen der Großstadt und weißt nicht, ob es nicht besser wäre, dicht an der Hauswand zu bleiben. Du wärst eins mit deinem Schatten, der mal vor dir, mal hinter dir schiene, je nachdem, ob die Straßenlaterne noch vor oder schon hinter dir läge, dein Schatten würde nie die gleichgültige Hauswand verlassen, so wie er dich nie verlässt. Und vielleicht wäre das besser, sicherer.
Und nein, du solltest dich nicht jetzt, nicht in diesem Moment damit beschäftigen, ob dein Schatten dir gegenüber vielleicht auch gleichgültig ist.
Du wirst nicht an der Hauswand entlanghuschen, auf weichen Sohlen, denn du verabscheust dieses Gefühl, in Hundedreck zu treten, oh ja, das verabscheust du wirklich, und selbst in dieser Situation willst du dieses Gefühl auf jeden Fall vermeiden.
Also entscheidest du dich für die Mitte des Bürgersteiges, und du versuchst, nicht auf die Fugen zwischen

den Platten zu treten, das könnte Unglück bringen, und seien wir mal ganz ehrlich, das kannst du nun wirklich nicht brauchen: Unglück.

Dein Kopf also stößt an den Himmel, und du glaubst, im vierten Stock jemanden zu erkennen, der schon aufgestanden ist. Der schon weiß, was gleich passieren wird, der schon auf einem Stühlchen am Fenster Position bezogen hat und auf dich wartet.

Er sitzt im dunklen Zimmer. Ein blauer Bademantel umfängt seine weißen Schultern. Es sind keine schönen Schultern, fett sind sie. Aber du möchtest nicht mit Details seines Leibes geplagt werden, nicht jetzt.

Auf seinem Fensterbrett stehen eine Dose mit Erdnüssen und ein Fernglas, mit dem er auch nachts prima sehen kann.

Er hat es vor drei Jahren mal ersteigert, es liegt gut in der Hand und verströmt eine gewisse Aura von Autorität, ja irgendwie auch von Staatsgewalt. Ganz von allein, nur des Fernglases wegen, ist er plötzlich gegangen wie John Wayne. Zumindest fand er, dass er das tat, wie John Wayne gehen.

So unbeirrbar.

Und jetzt möchte er alles genau sehen, wenn der Kettensägenmörder dich endlich eingeholt hat, und er ist sich sicher, dass das vor seinem Haus passieren wird. Er wohnt allein und muss allein auf die Straße gucken, aber daran ist er gewöhnt, er schaut auch seine Videos allein, und an seinem Computer sitzt er allein, und er kennt schon den Kettensägenmörder aus die-sen Videos.

Sein Herz pocht etwas mehr als sonst, und das fühlt sich gut für ihn an, denn sonst pocht sein Herz kaum einmal, sodass er, wenn er der Mensch wäre, der an so etwas denken würde, also denken würde: »Ich fühle mein Herz gar nicht, ob ich eines habe? Sollte ich mal zum Arzt gehen? Sollte ich mal nachsehen lassen?«

Aber so denkt er nicht, weil solche Gedanken nicht in sein Leben kommen wollen.

Und jetzt wartet er auf dein Quieken, das Quieken eines rosigen Ferkels, das in grobe Kinderhände gefal-len ist, die es liebkosen wollen.

Und er möchte, dass sich endlich dort unten auf der Straße etwas ereignet, etwas, das ihn lebendig werden lässt und in seinen Füßen zu spüren ist, wie ein klei-ner elektrischer Strom, und für einen Moment alles sonnig und warm werden lässt, obwohl es ja Nacht ist.

Aber das merkt er nicht, dass da was nicht stimmt, mit der Nacht und der Sonne.

Und du weißt nicht genau, ob es nur in deinem Kopf brummt oder ob du vielleicht, eventuell, auch das Pochen dieses fremden Herzens hörst, da im vierten Stock hinter der Gardine, durch die das Licht der Straßenlaterne die immer gleichen Schatten an die Zimmerdecke wirft. Nacht für Nacht.

Meinst du, es ist klug, stehen zu bleiben? Meinst du das wirklich?

Hörst du ihn denn schon kommen? Kannst du ihn schon sehen?

Den Kettensägenmörder?

Und warum legst du jetzt den Kopf in den Nacken?

Der vierte Stock, ja? Mehr links oder mehr rechts?

Vielleicht auf der anderen Straßenseite?

Nein, auf dieser.

Wirklich?

Da sitzt einer hinter der Gardine und wartet auf etwas, das geschehen soll.

Der sitzt da, und sein Schatten fällt an die Zimmerdecke und auf die Wand, auf die auch.

Und sieh nur, wie der Schatten über Decke und Wände wandert, wie ein Riesentier, ein sehr stilles, aber schnelles Riesentier.

Wenn der Mann das Fernglas abstellt und eine Erdnuss nimmt, dann kommt das Riesentier in Bewegung. Leichtfüßig.

Nimmt er gerade eine Erdnuss? Kannst du hören, wie seine Hand in die Erdnüsse taucht, wie ein paar davon auf den Boden fallen? Wie er mit seinen nackten Füßen schabt? Die Erdnüsse zur Seite und unter die Heizung schiebt?

Hörst du, wie er wieder das Fernglas in die Hand nimmt? Jetzt?

Er schaut dich an, du suchst ihn hinter dem falschen Fenster, sonst könntest du jetzt sehen, wie sich die Gardine ein bisschen bewegt, sachte.

Ist es so? Ist es wirklich so?
Oder ist es anders?

Du willst kein rosiges Ferkel sein, du willst nicht liebkost werden, nicht von ihm.
Und nicht vom Kettensägenmörder, von dem auch nicht.

Du drehst dich um dich selbst.
Kein Wunder, dass dir schwindelig wird. Kein Wunder, dass der Horizont in Schieflage gerät.
Gib dir keine Mühe, dein Schatten folgt dir, er saust auf dem Asphalt mit dir herum, ihm wird nicht schwindelig, aber dir.
Du bleibst stehen.
Jetzt nimm doch endlich den Kopf aus dem Himmel.
Der kann dir jetzt auch nicht helfen, dein Kopf.

Was, wenn nun eine Haustür offen stünde? Vielleicht hast du ja Glück? Du könntest in das Haus hineingehen.
Du könntest eine schwere Tür hinter dir schließen. Fest verschließen.
Du könntest dich auf den Boden hocken, auf die zersprungenen Fliesen, dich klein machen, fast unsichtbar werden.
Du würdest dann aufhören zu atmen, wenn der Kettensägenmörder an der Tür vorbeikäme. Es gibt Menschen, die können acht Minuten lang die Luft anhalten.
Da wirst du doch zwei Minuten schaffen?

Denn vielleicht, eventuell, wird er genau vor dieser Haustür stehen bleiben. Vielleicht wird ihm die Kettensäge zu schwer. Vielleicht braucht er eine Pause.

Aber ist es so?

Spürst du deine nackten Füße auf den zersprungenen Fliesen?
Die Fliesen sind zersprungen, so wie alles mal zerspringt, und ihr schlammiger Farbton ignoriert den Schmutz der Alltäglichkeit. Jahr um Jahr.

Du hockst im dunklen Hausflur.
Aus dem Keller zieht der ewig kalte Hauch vergessener Dinge.
Vielleicht, eventuell, wäre es besser, jetzt hinaufzusteigen. Hinauf in den ersten Stock.
Denn der Kettensägenmörder würde sicher dein Herz hören, ja, auch wenn du nicht atmest, dein Herz könnte dich verraten, mit seinem zweitaktigen Getöse.
Du richtest dich auf. Deine rechte Hand berührt die Wand, tastet voran, weist dir den Weg.
Die zersprungenen Fliesen knirschen unter deinen nackten Füßen. Es wäre besser, du könntest leiser auftreten, oder soll er dich hören?
Auf dem ersten Treppenabsatz bleibst du stehen und legst dein Ohr an eine fremde Wohnungstür.
Du glaubst, dahinter wird gewispert?

Natürlich wird dort gewispert, man wartet doch auf dich. Sie stehen doch alle hinter ihren Gardinen und warten auf dich. Schon vergessen?

Sie mümmeln und warten.

Fast möchtest du kichern, weil sie gerade den Moment verpasst haben, als du ins Haus gekommen bist. Und das nur, weil sie Torte holen mussten.

Jetzt stehen sie und mümmeln und warten, und du bist gar nicht mehr auf der Straße.

Langsam löst du dich von der Tür, trittst lautlos zurück, wendest dich um.

Lautlos.

Lautlos steigst du die Stufen weiter hinauf.

Warum läufst du nicht schneller? Könnte es nicht sein, dass eben die Haustür ins Schloss gefallen ist? Könnte es nicht sein, dass da etwas war, etwas, das dich auf der Treppe innehalten lässt.

Du lauschst. Du wartest.

Knirschen da nicht zerbrochene Fliesen unter fremden Füßen? Unten im Hausflur?

Hör genau hin!

Deine rechte Hand berührt die Wand des Treppenhauses. Unebener Anstrich.

Du lauschst.

Du glaubst, wenn du leise auftrittst, hört er dich nicht?

Versuch es nur. Geh doch.

Auf dem zweiten Treppenabsatz bleibst du stehen.
Nein, kein Ohr an der Wohnungstür, du weißt es auch
so.

Weiter. Weiter nach oben. Du bist im dritten Stock.

Weiter, steige weiter.

Du bist im vierten Stock.

Warum steht diese Wohnungstür offen? Wohnungstüren sollten geschlossen sein. Das ist sicherer, das weißt
du auch, selbst du.

Du könntest hineingehen.

Du könntest die Tür hinter dir schließen, und der
Kettensägenmörder würde dich nicht finden, dich
nicht hören, denn dein pochendes Herz könnte neben einem summenden Kühlschrank lautlos werden.
In jeder Wohnung gibt es summende Kühlschränke,
in dieser sicher auch.

Ja, das könntest du auf alle Fälle tun.

Du gehst hinein in die Wohnung. Es riecht wie immer.
Du kennst diesen Geruch. Du schnüffelst vorsichtig
wie eine Katze.

Aus der Küche zieht der ewig gleiche Duft vergessener
Dinge.

Wäre es nicht besser, umzudrehen und wieder zu gehen?

Das Licht der Straßenlaterne fällt in ein Zimmer.

Du weißt, wer in dem Zimmer sitzt, das weißt du
doch, oder?

Dein Kopf berührt den Himmel nicht mehr. Auch das
Dröhnen ist verstummt.

Du gehst in das Zimmer.

An der Decke siehst du Schatten, die eine Straßenlaterne in das Zimmer wirft.

Jahr für Jahr.

Immer gleich.

Du gehst zum Fenster und schaust hinaus.

Mit deinen nackten Füßen schiebst du ein paar Erdnüsse unter die Heizung.

Du nimmst dein Fernglas, schaust auf die Straße und
beginnst zu warten.

Wachtod

Rudolf Goebel

Er wachte auf und wusste, dass er ein Mörder war. Die Schuld traf ihn mit Wucht, ein Grauen kam hoch und erstickte seinen Atemzug, und er wollte schnell wieder schlafen, schlafen. Wen hatte er getötet? Er konnte sich nicht erinnern. Sein Gedächtnis war leer, er wusste nur, wer er in diesem Moment glaubte zu sein. Michael, Mörder, Mensch, Sohn, Panik.

Er setzte sich auf im fahlen Licht des frühen Hamburger Morgens in seinem kleinen Hotelzimmer irgendwo unten in St. Pauli am Hafen. Wenn er ein Mörder war, wen hatte er umgebracht? Es fühlte sich so nah an, dieses Gefühl der Schuld, als ob er gerade eben einen Toten vor sich liegen sähe und das Unwiederbringliche des Lebens und maßlose Schuld ganz rein fühlen würde. So rein, wie ein Kind lacht und dabei Ameisen zerquetscht. Aber er sah nichts. Nur dieses Hotelzimmer, seinen verschlossenen Koffer vor dem Bett und er selber darauf liegend, angezogen, atemlos aufgewacht und frierend und verwirrt.

Das Maß der Dinge war immer das Glücklichsein gewesen. Das reine Glück, frisch duftend aus dem Kinderherz ohne Ahnung von Schmerz. Es war nie nötig gewesen, darüber genauer nachzudenken. Eine Liebe finden, Geld machen, reich werden, unsterblich werden, und das hatte er weiß Gott versucht und es auch wieder gelassen da drüben in New York, zwanzig Jahre vor dem 11. September, als alles noch unschuldig war und das Böse nur in der Zeitung stand.

Einfach mal anfangen, das hatte er getan damals, als er ein Flugticket kaufte und rüberflog und ein paar Leute kennenlernte, die sich ihm aufdrängten wie die Sonne am Morgen. Warm war es und nett, und das Geld lief ihm entgegen, und allein war er selten, und alles war gut. Er machte einfach mal los. Und alle machten mit.

Er sah nach draußen auf die bröcklig-graue Kulisse von St. Pauli, öffnete das Fenster und atmete tief ein. Hamburger Luft. Klar und kalt wie ein Messer im Kühlschrank aus grauem, rauem Schiffsmetall und wie diese Frau, die er verehrt hatte mit der ganzen Kraft seiner Beine und seiner Sprache und der Macht der Gedanken und des Sehnens im Bauch.

Nein, hatte sie nach einem Jahr gesagt, ich kann nicht, will nicht, wir passen nicht, und er hatte das New Yorker Fenster geschlossen und es innen so still gemacht wie möglich und auf dem Bett geheult und dann versucht zu vergessen, solange es ging, meistens ging das fünf Minuten, und dann ging es wieder von vorne los.

Das Denken als solches schien ihm ein Kreis zu sein, er drehte sich, er fragte sich, ob das Denken als solches ein Kreis sein musste, ob die ganze Welt ein Kreis wäre und er ein unendlicher mitdrehender Punkt auf der geschlossenen Linie des Kreises, und das machte ihn schwindelig.

Er öffnete die Augen und schaute auf das Fensterkreuz vor der New Yorker Kulisse, die jetzt eine Hamburger Kulisse war. Er war zurück. Und er war ein Mörder von wem auch immer, ein Sohn, ein Mensch, Michael.

Das Telefon klingelte.

Michael hob ab.

»Lisa hier«, sagte eine helle Stimme im Hörer. »Erinnerst du dich?«

Michael stutzte. Lisa. Die alte Liebe, die zu kurz geratene Liebe aus alten Tagen. Lisa, die Frau mit dem hellen Haar und der hellen Stimme und der Leichtigkeit der ewig jungen Studentin. Sie hatten sich kurz vor seinem Abflug in die Staaten kennengelernt. Wie es so kommt, am Cafétisch nebenan saß sie, ein Wort, ein Blick, ein Gespräch und die unausgesprochene Frage im Raum, was nun, ins Bett oder einfach nach Hause oder gar nichts.

Es war dann gar nichts geworden. Und eine Ansichtskarte aus den USA, die er einfach so, ohne zu überlegen, abgeschickt hatte, ohne Sinn, ohne Ziel einfach so. Warum auch nicht, hatte er sich damals gesagt, ich kenne sie nicht, und eine nichtssagende Karte an eine unbekannte Person abzuschicken ist so sinnlos wie sinnvoll, also kann man es auch machen, wenn man nichts Besseres zu tun hat. Und er hatte nichts Besseres zu tun.

Lisa also. Aber wie kam sie an seine Nummer, an dieses Hotel da unten in St. Pauli?

»Lisa«, sagte er, »wie hast du mich gefunden?«

Er lauschte ihrem Atmen im Hörer hinterher. Sie schwieg, eine kleine Pause, eine kleine Pause wuchs im Raum, und dann antwortete sie.

»Ja, ich hab bei deinen Eltern angerufen, denn ich hatte so das Gefühl, dass du wieder hier sein könntest. Hast du Zeit?«

Michael war überrascht. Seine Eltern waren tot. Gestorben vor einem Jahr auf Mallorca bei einem tragischen Unfall. So hieß es damals in der Mallorca-Urlauberzeitung auf Deutsch, die von Deutschen gelesen wurde und den Quark der Nichtinformation wöchentlich an die Strände trug.

Sie waren einfach verschwunden, von einem Boot, leer und friedlich schaukelnd im stillen Wasser zweihundert Meter vor dem Ufer, nichts war übrig, und weiße Haie gab's nun mal nicht vor Mallorca. Lisa log. Oder Lisa war verrückt geworden. Oder Lisa …

Michael sagte: »Okay, lass uns treffen. Heute Abend vor dem Hotel?«

Lisa sagte Ja, legte auf, ein Knacken in der Leitung, eine Frage im Raum und Herzklopfen bei Michael.

Er schaute am Fensterkreuz vorbei auf die Silhouette von St. Pauli, atmete tief aus. Seine Eltern waren tot,

Lisa war da, Lisa log oder war verrückt, Lisa würde er treffen. Nun, warum nicht. Vielleicht gab es ja noch mehr Schuldige als ihn. Leute, die wenigstens wussten, welche Schuld sie tragen.

Lächerlich, dachte er. Aber manchmal ist das Leben lächerlich. Es ist schön und schrecklich und unverständlich, und der Sinn liegt in der Weintraube an einer halb gereiften Rebenwand im Sonnenlicht.

Er legte sich wieder aufs Bett, schaute durch das geöffnete Fenster in den Hamburger Himmel. Die kalte Luft ließ ihn frösteln. Er fühlte sich allein. So wie damals als kleiner Junge vor der Haustür seiner Eltern. Er hatte geklingelt, hatte keinen Schlüssel, kam von der Schule, und keiner war da, niemand öffnete die kalte Glastür, seine Stirn am Milchglas der Tür, gekühlt hatte sie ihn in diesem heißen Sommer, er hatte geweint, sein Klingeln verhallte da drinnen. So wie jetzt seine Erinnerung an die Eltern, an ihre Gesichter, ihre Stimmen, ihren Geruch. Michael drehte sich zur Wand und schaute in die Poren der Raufasertapete wie auf eine ferne, fremde, kalte Welt.

Es klopfte an die Tür. Michael schreckte hoch. Er war wohl eingeschlafen. Lisa.

»Lisa bist du's?«, fragte er halblaut.

»Ja, nun mach schon auf«, antwortete eine helle Stimme. Er öffnete die Tür einen Spalt, schaute hinaus und sah in ihre blauen Augen, nur Zentimeter von seinen entfernt. Lisa lehnte am Türrahmen, schaute ihn an, ein leises Lächeln formte ihre Züge zu etwas Mona-Lisa-Haftigem.

»Da bist du also«, sagte sie, »wurde auch Zeit.«

Michael kam langsam zu sich. Räusperte sich. »Ja, schön, dass du da bist, komm herein.«

Lisa betrat das Hotelzimmer. Sie schaute sich um, ging durch den Raum zum Fenster, stützte sich auf das Fensterbrett, sah hinaus.

»Wo hast du nur gesteckt?«, sagte sie. Mehr zu sich als zu ihm.

Michael schaute auf ihren Rücken. Er war unten schmal und oben breit. Ein Dreieck, ein magisches. Gekrönt vom Schopf blonder Haare, wuselig wie früher, leuchtend im Gegenlicht des Hamburger Neonschimmers dieses grauen Frühlingstages.

Sie war Schwimmerin, das hatte sie ihm damals erzählt. Zwanzig Bahnen jeden Morgen. Ihre Haut hatte immer ein bisschen nach Schwimmbad gerochen. Damals, wenn er ihr nachsah und sie im Vorübergehen einen Hauch von Chlor hinterließ und das Gefühl einer verschlossenen Umziehkabine des alten Stadtbades.

Lisa drehte sich langsam um. »Schönen Gruß von deinen Eltern soll ich ausrichten. Und warum du nicht angerufen hast bisher?« Ein ironisches Lächeln zog sich durch ihren Mund, und sie machte einen Schritt auf ihn zu.

Michael durchzog ein kalter Schauer. Seine Eltern waren doch tot. Er hatte einen Brief vom Anwalt erhalten. Die Sterbeurkunden. Die Aufforderung zum Notartermin wegen der Erbschaft. Was sagte dann diese Frau, diese Lisa? Wut kroch in ihm hoch, Wut und Schmerz. »Was redest du da, Lisa, meine Eltern sind tot. Sie sind gestorben auf Mallorca. Sie sind jämmerlich ersoffen. Deshalb bin ich hier.«

Er starrte in ihre Augen und trat einen Schritt zurück. Ihr Lächeln verlor sich mit einem Zucken der Augen, eine kleine Welle am Strand der Ratlosigkeit. Ihre Augen öffneten sich fragend.

»Wieso … ich habe doch heute erst mit deiner Mutter telefoniert«, sagte sie. »Was ist hier eigentlich los?«

»Lisa, entweder stehst du unter Drogen oder bist verrückt oder ich bin es. Meine Eltern sind gestorben … Sag, wann hast du angeblich mit ihr telefoniert?«

Michael setzte sich aufs Bett, die Knie wurden weich.

»Heute Vormittag«, sagte Lisa. »Heute Vormittag, und deine Mutter klang sehr lebendig, das kannst du mir ruhig glauben.«

Michael schwieg. Das konnte nicht sein. Noch gestern hatte er vom New Yorker Flughafen aus mit seiner Schwester telefoniert. Ja, sie hatten sich nie besonders gut verstanden, aber gestern hatten sie geweint, beide stumm am Telefon, er hatte es gehört und sie auch, sie hatten geschwiegen, und er spürte eine merkwürdige Verbindung, die er jahrelang nicht gespürt hatte.

Blut ist dicker als Wasser, aber eben auch anders als Tränen, hatte er gedacht, vielleicht werden Tränen ja auch mal dicker als Blut, und dann hatte er sich gefragt, ob er seine Restfamilie aus Schwester und Schwager jemals so lieben würde, wie er seine Eltern liebte, und dann war er ins Flugzeug gestiegen und hatte sich ans Fenster gesetzt und rausgeschaut und noch einmal geweint und das Fenster von innen mit Tränen geputzt.

Er schaute Lisa an. Sie sah so glaubwürdig aus, so ganz und gar nicht verrückt. So besorgt. Er brauchte jetzt frische Luft zum Denken.

»Lass uns rausgehen und irgendwo etwas trinken«, sagte er, öffnete die Tür und ging im Hotelflur auf dem weichen Teppich mit unhörbaren Schritten durch die abgestandene Atemluft Hunderter anderer Hotelgäste zum Licht da hinten, zum Exit.

Sie zog die Zimmertür zu, folgte ihm, bis sie nah hinter ihm ging und seine Verwirrung riechen konnte. Ihre Augen hefteten sich an seinen Nacken und fixierten die Unendlichkeit.

Fortsetzung folgt.

Grauen

Rudolf Goebel

Das Meer war blau, der Himmel grau, und der Mann fragte sich, welche Farbe wohl seine Augen hätten, er hatte sie lang nicht mehr gesehen. Das letzte Mal, als er sie bemerkt hatte, waren sie rot unterlaufen gewesen. Er hatte geschwitzt und gestöhnt und in einen Spiegel geschaut, die Stirn an das Glas gepresst, bis er ein leises Knirschen hörte. Das war das Glas oder seine Zähne oder die Erinnerung an etwas, was vielleicht passiert war oder auch nicht. Es war ihm gleich, hier war das Ende der Sehnsucht, und der Himmel war blau und das Meer grau.

Der Mann saß auf dem kalten Sand, vor sich das Wasser, hinter sich nichts, kein Mensch in Sicht, was aber nicht bedeutete, dass keiner da gewesen wäre. Er sah sie nur nicht, und sie sahen ihn nicht, was ein Nullsummenspiel bedeutete und als Farbe etwas zwischen Grau und Blau.

Was hatte sein Vater damals gesagt? Sohn, das weiß ich nicht. Da will ich nicht drüber reden. Sohn, das wirst du noch verstehen eines Tages. Nein, lass mich. Geh weg, ich muss jetzt schlafen. Dann hatte sich der Vater umgedreht, und er, der kleine Sohn, hatte noch gesehen, dass er seinen Mund zusammenpresste und ein paar Schuppen aus seinem Haar auf die Schultern fielen.

Dann schlurfte der Vater in sein Schlafzimmer, es knisterte unter seinen Füßen, der Boden war bedeckt mit Tageszeitungsblättern, schwarz auf weiß, das will ich getrost nach Hause tragen, hatte der Vater immer gesagt, das Große und Ganze und auch das Kleine, ein Leuchtturm aus Papier mit Krieg woanders und regionalem Dünnpfiff aus Sportplatzeröffnungen und Supermarktangeboten, hilfreich zur Verortung der Gedanken, wo man lebt und was passiert, und auch heute, ach Gottchen, keine Todesanzeige mit dem eigenen Namen, also alles gut bis morgen früh.

Dann hatte der Vater die Rollläden vor dem Fenster herunterrollen lassen, es hatte zwei Sekunden gerattert, bis es ganz dunkel war, ganz dunkel, fett schwarz dunkel und kein Lichtstrahl übrig blieb, denn er hasste das Licht am Tag, in der Nacht und noch mehr den Lärm des Lichts im Kopf.

Dann hatte er sich in seine dicke Decke gerollt und ins Kissen geraunt, lass mich alleine, mein Sohn, und dann geschlafen wie tot bis zum nächsten Mittag, nur unterbrochen vom klackernden Schnarchen aus halb geöffnetem Mund mit leichtem Beben in eingefallenen

Augenhöhlen, unter den Lidern stets geradeaus schauend, kein Traumzucken, nur dieses Schnarchen im jazzigen Takt, ein Lokalnachrichten-Solo auf der engstmöglichen Lokalität, dem Bett des Vaters, getrommelt ohne Worte und Verstand, und auch einen Sinn erkannte der Sohn nicht.

All das machte ihm Angst. Sohn, das weiß ich nicht, hatte der Vater geantwortet, und der Sohn wusste, dass das eine Lüge war, und hatte sich immer öfter an die Bettkante geschlichen, wenn der Vater tagsüber schlief, und ihm dabei zugeschaut. Eines Tages hatte er einen Geruch bemerkt, der das Schlafzimmer des Vaters ausfüllte. Es roch wie das Wartezimmer eines älteren Arztes, alle Stühle besetzt von alten Frauen, alten Männern und einem kleinen Kind mit großen Augen, den Blick fest auf seine Mutter gerichtet mit einer stummen Frage, die die Mutter mit einer stummen Gegenfrage beantwortete, alles gut oder doch nicht? Wer weiß, mein Kind, wir wissen doch alle nichts. Der Stuhl im Wartezimmer war so hart gewesen wie jetzt die Bettkante seines Vaters.

Und dann hatte der Sohn sein kleines Gesicht ganz dem Vater zugewandt, den schnorchelnden Atem gespürt und, mehr gedacht als gesprochen, mit seinem Kinderstimmchen geflüstert, damit der Vater nicht aufwachte und weil doch niemand eine Antwort wusste, genau wie im Wartezimmer, denn danach roch es immer stärker: Vater, was hast du getan? Was war mit dem Onkel und seiner Frau? Warum besuchen die uns nicht mehr? Ist der Onkel weg aus der Stadt? Und die Tante, warum lag die unter den Zeitungen? War sie müde?

Der Vater hatte sich weggedreht, unter ihm knisterte ein Zeitungsblatt, dass er vor Wochen im Bett vergessen hatte, und der Junge ging schnell raus und zum Kühlschrank und aß das, was der Vater auch immer aß, wenn die Mutter nicht hinschaute. Er fühlte sich ein bisschen wie nach einem Arztbesuch, wenn nichts gesagt wurde und er nichts wusste, das aber immer noch besser war, als zu weinen wie die alten Frauen im Wartezimmer.

Dann war der Sohn älter geworden und hatte selbst Zeitungen gekauft und sie über das gebreitet, was als Erinnerung verblasste, die Eltern, die Tante und der Onkel. Er hatte immer ein bisschen Druckerschwärze auf den Wangen, wenn er beim Lesen einschlief und sein Gesicht in die Nachrichten rutschte, bis der Schweiß eines Traumes sich mit der Druckerschwärze vermengte, er atemlos erwachte und sich für ein paar Sekunden erinnerte an Angst und ein kleines Foto auf einer Lokalseite. Es zeigte eine breit lachende Frau, einen Karnevalshut schief auf dem Kopf, neben einem kleinen Artikel über einen nie gelösten Mord in einer Vorstadt. Und dann wurde der Sohn groß und ging weg und erinnerte sich nicht mehr. Nur manchmal dachte er noch an seine Mutter, und wie sie gesagt hatte: Wer weiß, mein Kind, wir wissen doch alle nichts.

Der Mann atmete tief ein, fühlte die Kälte des Meeres in seiner Brust und sah, dass das Meer grau war und der Himmel blau. So blau wie über dem Haus, in dem er eine Zeit lang gewohnt hatte. Ein Haus mit Nachbarn, mit Menschen aus ganz anderen Leben, aus anderen Müttern geschlüpft, mit anderen Zeitungen auf ihren Böden und so sauber und ohne Druckerschwärze in den Gesichtern, die er sofort wieder vergaß, sobald sie in ihren Wohnungen verschwunden waren. Alle bis auf einen Nachbarn, dessen kleines Schwarzes in den Augen ihn immer wieder verwirrte. Wenn er in das Schwarze hineinsah, sah er in ein Nichts und wusste nicht, was das Nichts war und wie man in einem so kleinen schwarzen Loch Gefühle sehen konnte, geschweige denn auch nur vermuten, was dahinter war. Und dann wurde er wütend und verstand es nicht. Wer weiß denn schon genau, dachte er dann, wir wissen doch alle nichts.

Bis der Tag kam, an dem der Grill unten im Hof seines Hauses bis in die Nacht brannte, die Nachbarn Lieder sangen und erst am frühen Morgen wieder in ihre Höhlen torkelten.

Er spürte ihre unrhythmischen Schritte auf der Holztreppe, viel zu nah vorbei an seinem Briefkastenschlitz, hinter dem er mit angehaltenem Atem hockte, im Dunkeln und mit geschlossenen Augen, damit niemand sah, dass er noch wach war. Ein Geruch drang durch den Briefkastenschlitz, es roch nach Wartezimmer, nach dem Schlafzimmer seines Vaters, alten weinenden Frauen und etwas Grillkohlenasche.

Das war die Nacht, als er die alte Arzttasche seines Vaters öffnete und das kleine Mäppchen mit den Skalpellen fand. Er entnahm die Messerchen dem Etui, summte das Lied der Nachbarn mit neuem Text: Vater, was hättest du getan? Ich will das wissen. Warum besuche ich den Nachbarn nicht einfach mal? Vielleicht will er ja weg aus der Stadt? Ob er auch gern unter Zeitungen schläft? Ich frag ihn mal. Man kann ja nie wissen, wer weiß das schon genau.

Später hatte er einen Traum, in dem der Vater erwachte und ihn fragte: Was hast du getan, Sohn? Hast du dir die Druckerschwärze von den Händen gewaschen? Und er saß auf der harten Bettkante und antwortete mit einem kleinen Stimmchen: Ich weiß es nicht, Vater. Ich weiß es nicht. Nur diese Schwärze, die mochte ich nicht. Das musste weg. Das kann doch keiner wissen, was das ist. Wir wissen doch alle nichts. Und dann ging er ins Bad, sah in den Spiegel, presste die Stirn an das Glas und hörte das Splittern und schloss die Augen, bis er nichts mehr sah außer Schwarz.

Der Mann am Strand tastete an seine Stirn, ließ die Hand sinken zum Sand, fühlte die Körnchen, so klein, scharfkantig jedes einzelne, aber harmlos. Gut, ersticken könnte man an ihnen, aber nie etwas schneiden. Dann dachte er an seinen Sohn, den er irgendwann in diesem Haus gezeugt hatte. Warum ist der Onkel nicht mehr da und warum liegt die Tante unter den Zeitungen? Der Mann sah auf. Da draußen war das Meer, die schwarze Tiefe darunter, darüber das Blau, und jetzt erinnerte er sich, dass seine Augen immer grau gewesen waren. Was soll's. Will ja keiner wissen.

Fortsetzung folgt.

Die Angst am roten Horizont

Marie-Luise Artelt

Nur ein Foto. Hin, zurück, fertig.

Menschen. Sie irrten hilflos umher. Schrien sich die Kehlen wund. Die Gesichter in Panik verzerrt. Die Füße blutig und zerschunden.
Meine Finger, sie zitterten. Ich klammerte mich an meine Kamera. Betete. Zu einem Gott, der mich längst verlassen hatte.
Es roch nach Tod. Bitter-süßlich hing er in der Luft, der Geruch von verbranntem Fleisch. Saure Galle stieg mir in den Hals, zerbiss meine Speiseröhre. Mein Kopf schmerzte. Alles drehte sich. Die Welt wurde aus ihren Fugen gerissen. Nichts und niemand gab mir Halt. Verschwommene Bilder von verletzten Menschen schlugen auf mich ein. Taubheit verschlang mein Herz. Ich griff an meine Brust, fühlte meinen schnellen Herzschlag. Ich lebte. Doch wie lange noch?

Ein älterer Mann torkelte über das kahle Feld. Unsere Blicke trafen sich. Panik durchzog sein zerschürftes Gesicht, legte seine Haut in tiefe Falten.

Ich konnte sie förmlich spüren. Die Angst vor dem Tod. Sein Gesicht war entstellt. Blutverschmiert. Ausgehungert.

Ich rannte los, wohin, das wusste ich nicht. Einfach nur weg. Weg von dem Mann, weg von dem Krieg. Weg von allem und jedem. Ängstlich drehte ich mich um. Der Mann starrte mir nach. Seine staubigen Lippen formten ein Wort, das mir den Angstschweiß aus jeder Pore trieb. *Hilfe.*

Ich biss mir auf die Unterlippe. Schmeckte Blut. Sah zu Boden. Griff mir an die pochende Stirn. Brennende Schmerzen hallten in den Tiefen meines Geistes wider. Und plötzlich – ein Körper, gefolgt von einem hellen Schrei. Eine junge Frau fiel zu Boden. Sie starrte mich an. Ihre Augen waren blutunterlaufen, der Blick leer. In ihren Armen hielt sie den verbrannten Körper eines Kindes.

Die Frau drückte den entstellten, winzigen Körper immer fester an ihre Brust, rief nach Erlösung. Ich schüttelte den Kopf. Wich panisch ein paar Schritte zurück, beobachtete, wie die Hände der Frau über die nässenden Brandwunden glitten, die den Körper des Jungen entstellt hatten. Ich musste würgen. Verschluckte mich. Mein Hals brannte höllisch. Verdammt. Ich musste von hier weg, doch ich konnte mich keinen Zentimeter rühren. Fühlte mich schwach. Kraftlos. Zurückgelassen. Alleingelassen.

Mein Brustkorb zog sich zusammen. Luft. Ich brauchte Luft. Meine Hände zitterten unkontrolliert. Nervosität kitzelte vom Nagel bis zur Handfläche. *Mach ein Foto! Komm schon, reiß dich zusammen und schieß endlich dieses verdammte Foto!* All meine Gedanken versanken in den Tiefen meines Verstandes. Von Verzweiflung getrieben, bohrte ich meine Finger in mein Aschehaupt. Heiße Tränen sammelten sich in meinen Augenwinkeln, und eine toxische Übelkeit vibrierte durch meine Eingeweide …

Plötzlich rappelte sich die Frau auf. Stolperte auf mich zu. Streckte ihre dürre Hand nach mir aus und flehte um Hilfe. Mein Blick heftete sich an die verkohlte Kinderhand, die wie ein verdorrter Ast gen Boden hing. Das war die Hölle. Die kleinen Finger, so zerbrechlich und zart wie eine Knospe, die langsam erfroren war. Meine Sicht verschwamm. In der Ferne fegten helle Schreie über die kahlen Felder. Kinder riefen nach ihren Eltern, stolperten durch die zerfetzte Landschaft auf der Suche nach Schutz.
Staub biss sich durch meine Atemwege und zerschürfte mein Inneres. Die Mutter wiegte sich und ihr lebloses Kind auf dem Boden hin und her. Weinte. Schrie. Klagte.
Am Horizont türmten sich derweil dicke, schwere Rauchwolken wie infernale Dämonen auf und verschlangen Dörfer und Wälder, vertrieben Menschen und Tiere und stahlen Leben und Erinnerungen. Ich

sah auf den Ascheboden. Vor den Füßen der Mutter wippte eine zarte Blume in einer Brise. Die Blüte grau. Die Blätter verdorrt. Der Stängel bog sich hin und her. Rhythmisch. Beinahe meditativ, ohne zu wissen, dass das Grauen jede Sekunde zurückkehren konnte. Wie lange noch?

Dann. Explosionsartig. Ein ohrenbetäubendes Dröhnen am Himmel.

»Sie kommen zurück«, stammelte die Mutter und sah zum roten Himmel hoch. Augen geweitet. Stirn in Falten gelegt. Ihre trockene Unterlippe bebte. Ich folgte ihrem Blick nach oben. In der Ferne flog ein Geschwader durch die grauen Wolken. Übelkeit explodierte in meinem Magen. Ich übergab mich lautstark auf den knochentrockenen Boden. Die Frau senkte ihren Blick. Regungslos kauerte sie auf dem Aschefeld. Starrte schweigend ins Leere, ihr Blick glasig. Verloren.

Diese Schweine! Ich ballte meine Hände zu Fäusten. In mir bäumte sich mit einem Mal ein mir fremder Überlebenswille auf, der mich vorantrieb.
Ohne nachzudenken, packte ich die Frau am Arm und zerrte sie auf die Beine und rannte los, doch der schmächtige Körper klappte bereits nach wenigen Schritten in sich zusammen. Wütend packte ich sie an den Schultern, schrie unkontrollierte Worte. Welche

genau, konnte ich selbst nicht sagen. Nichts als laute Panik hallte als Echo durch meine Ohren, betäubte meinen Verstand.

Die Flugzeugmotoren des Geschwaders donnerten am Himmel, schrien unaufhaltsam auf mich ein. Und plötzlich! Mehrere schwarze Todesvögel stürzten zu Boden. Mein Herz überschlug sich. Pochte im Takt der Angst.

»Wir müssen von hier fort!«, schrie ich. Bohrte meine Finger immer tiefer in die knöchrige Frauenschulter. Meine Zunge war taub, mein Mund brannte fürchterlich. Ich brauchte Luft. Stierte in die Ferne. Spähte. Dann. Ein grelles Licht am Horizont. Gefolgt von einer ohrenbetäubenden Explosion.

Surren.

Stille.

Die Welt ging binnen Sekunden in roten Flammen auf. Kalter Schweiß lief meinen Rücken hinab. Menschen wurden zu dunklen Schemen verzerrt. Dampfende Hitze breitete sich aus. Der Boden bebte. Am brennenden Horizont türmte sich ein qualmender Riese auf. Heulte. Stampfte alles nieder. Bewegte sich auf mich zu. Immer schneller. Trampelte über Körper. Brennende Klauen zerfetzten Häuser. Baumkronen verdorrten innerhalb eines Wimpernschlags. Vögel flogen in Scharen gen Himmel.

Ein Mädchen kam auf mich zugerannt. Ihre Haut war komplett verbrannt. Wie lange noch?

Das Mädchen streckte hilflos ihre versengten Arme nach mir aus. Doch bereits im nächsten Moment wurde sie von dem Staubriesen gepackt, der ihren Körper verschlang und sich an ihrem jungen Fleisch nährte.

Ich ließ meine Kamera los, stürzte fast instinktiv zu der Frau und bedeckte mit meinem Körper den ihren. Wie ein Ertrinkender klammerte ich mich an den ausgehungerten Leib, spitze Knochen gruben sich in meine Arme. Erde und Staub wirbelten durch meine Kleidung. Scharfkantiger Sand rieb über meine Haut. Ich schrie, drückte die Frau immer fester an mich, vergrub mein Gesicht in ihren Haaren, die so grässlich nach verkohltem Fleisch rochen. Gott, wie lange denn noch …

***

Nur ein Foto. Hin, zurück, fertig. Und schon gehst du in die Geschichte ein!

In die Geschichte? Und was, wenn ich dabei draufgehe?

Niemand beißt gleich beim ersten Mal ins Gras. Glaub mir.

Ich weiß nicht. Das klingt nach einer riskanten Angelegenheit. Ist das nicht eine Nummer zu groß für mich?

Mensch, du und deine Larmoyanz …

Ich will einfach noch eine Weile leben. Ist das zu viel verlangt?

Wie lange denn noch?

Keine Ahnung. So lange wie möglich. Am besten so lange, bis der Krieg zu Ende ist.

Ha, glaub mir, so alt wird keine Sau! Frieden wird von uns keiner mehr erleben, und da sag ich noch Gott sei Dank. Wär auch schlecht fürs Geschäft.

Hin, zurück, fertig?

Hin, zurück, fertig.

Und wenn nicht?

Dann wirst du dich fragen: Gott, wie lange denn noch …

Endlich Frieden

Anne Bandel

Ich hasse sie.

Als ihm das auffiel, waren sie schon dreizehn Jahre verheiratet.

Da musste mal was passieren. Was Richtiges. Nur eine tote Henriette war eine gute Henriette. Während er das dachte, beobachtete er seine Frau, die sich die Zähne putzte. Diese Hingabe, diese Schrubberei, er hätte schreien können! Stattdessen hustete er anhaltend.

»Hast du dich erkältet?«

»Nein.«

»Entschuldige, dass ich gefragt habe.«

Die Goldsteigwanderung durch den Bayerischen Wald stand unter dem Stern des Kleinkrieges, der täglichen Seitenhiebe und Lieblosigkeiten. Eigentlich schleppten sich beide nur weiter, weil sie keine Reiserücktrittversicherung abgeschlossen hatten.

Sechshundertsechzig Kilometer, auf der Nordroute durch den Oberpfälzer Wald, durch den Bayerischen

Wald bis nach Passau und dann auf der Südroute wieder zurück. Irgendwie durch und von der Landschaft beleben lassen.

Ich hasse sie.

Dieser Viertakt gab den Rhythmus seiner Schritte vor, rückte plötzlich in das müde Feld seiner Wahrnehmung, ließ ihn hier und da fester auftreten und verdämmerte dann wieder im Gleichmaß der Tage.

Immer öfter kamen sie, die Fantasien, und ließen sich nicht vertreiben, wurden drängender, bekamen Farbe, und immer öfter befeuerte er sie, fing an, sie auszumalen, und schon beim Blättern im Wanderführer begann seine Planung.

Burgruinen mit Aussichtsplattformen, Türme, Gipfelkreuze, Flüsse, Wasserfälle, Felsen, seine Augen durchforsteten den Wanderführer nach den wichtigen Stellen.

Es ließ sich nicht ändern, gegen seine Mordfantasien war kein Kraut gewachsen.

Und Henriette … Henriette war mit anderen Dingen beschäftigt, dachte an ihre Yogastunden, grübelte über ein paar Schuhe, die sie neulich erst kaufen wollte und es dann doch nicht getan hatte, was sie jetzt bereute. Georgs Anwesenheit war ein Missklang, eine Trübung, einem Fettfleck auf einem Brillenglas nicht unähnlich.

»Musst du so viel essen?« Henriette konnte nicht anders, musste auf diesen kleinen Knopf an Georgs Hemd gucken, der sich auch jetzt, nach einer Woche Wanderung, einfach nicht schließen lassen wollte.

»Das musst du gerade sagen.« Georg hielt es nur eine Millisekunde lang aus, auf Henriettes fetttriefendes Kinn zu blicken.

Damit war die Konversation beim Abendessen erledigt, und Henriette wurde bewusst, dass sie zu den Paaren gehörten, die sich eine ganze Mahlzeit lang anschweigen konnten.

Am Abend studierte Georg akribisch den Wanderführer, eine Stunde ganz privater Freude, eine Stunde, die er früher einem Pornoheftchen gewidmet hätte, während Henriette schon lange schlief.

Er würde sie in einen Fluss stoßen können, am besten in die Donau, da kam jede Hilfe zu spät, so rasant, wie die dahinfloss. Oder von einem steinigen Anstieg runterschubsen, vorher erschlagen, nein, erst schubsen, dann erschlagen, er hatte schon genug Krimis gesehen, *die Tote war vor dem Sturz erschlagen worden*. Den Fehler würde er nicht machen.

Burgruine Weißenstein. Sein Zeigefinger folgte liebevoll den Textzeilen.

Imposant ist der Aufstieg über Holzstiegen auf den Bergfried mit seiner grandiosen Rundumsicht.

Georg seufzte. An der Burgruine waren sie schon lange vorbei. Gleich am ersten Tag, auf dem Weg von

Marktredwitz nach Friedenfels, war sie aufgetaucht. Da war er noch nicht so weit gewesen. Da hatte er noch nicht diese Wut, da hatte er einfach noch nicht daran gedacht.

Er schlug den Wanderführer zu, ging zu Bett, stopfte Ohropax in seine Ohren und lag noch lange mit offenen Augen da.

So ging es jeden Abend, schon seit neun Tagen.

Unaufhaltsam rollte dieser Zug, und je mehr er in innere Wut geriet, desto weniger konnte er sich bremsen und weggucken. Henriettes dicker Hintern in den zu engen Wanderleggings. Es gab doch Hosen, aber nein, Leggings mussten es sein, die jede Unebenheit ihrer Beine protokollierten.

Georg bekam einen Hustenanfall.

Er konnte nicht anders, er steigerte sich in etwas rein, der Zug nahm weiter und weiter an Fahrt auf, die Faszination des Abstoßenden, das Nicht-weggucken-Können, eine Spirale lustvoll goutierter Aversion zog ihn weiter und weiter von seinen moralischen Grundsätzen fort.

Abends hing er verpassten Chancen nach, die der Tag geboten hatte: *Felsige Höhepunkte mit fantastischer Aussicht.*

Der 17. Mai war angebrochen. Von Herzogau nach Furth im Wald war es gegangen.

Herzogau, dieser unfassbar lieblich-idyllische Ort, der ganz aus der Welt gefallen schien und nicht zu seinem Gemütszustand passte.

Später würde er hierher zurückkehren. Mit einer neuen Frau an seiner Seite, das war schon mal sicher. Durch lichte Laubwälder hatten sie sich der deutsch-tschechischen Grenze genähert, und dann war er aufgetaucht: ein wundervoller Felsen. Genauer: ein wundervoll hoher Felsen!

Henriette war noch nicht zu sehen. Er würde das Terrain sondieren.

Hoch, aber eventuell nicht ausreichend. Dann würde es noch ein kleines Extra auf die Rübe geben müssen.

Für einen Moment verharrte Georg. Hatte er gerade so gekichert? Er musste sich besser kontrollieren.

Henriette hatte noch einen Baum umarmt. Anfangs in Sorge, Georg könnte sie entdecken.

Die guten Momente waren die, wenn er vorausstürmte, sie abhängte und allein ließ.

Was Georg verpasste, der Trottel.

Das kleine Buch mit dem Titel »In 50 Schritten zum Selbst« hatte sie bisher erfolgreich vor ihm verbergen können.

Riechen Sie an einer Blume. Hatte sie erledigt.

Umarmen Sie einen Baum. Hatte sie erledigt. Mehrmals.

Gehen Sie barfuß über eine Wiese. Erledigt.

Spüren Sie nach, was macht das mit Ihnen?

Hatte sie noch nicht erledigt, ständig war Georg da, selbst wenn er nicht da war.

Georg, der ihre Selbstwahrnehmung immer auf unscharf stellte.

Der breite Weg war zu einem Pfad geworden, schlängelte sich zwischen Felsen hindurch.

»Henny? Hier oben!« Über ihr, auf einem Felsen stehend, winkte Georg. »Komm mal hoch! Tolle Aussicht!« Für einen Moment hing Henriette dem vertrauten und zugleich fremden Namen nach.

An welchem Punkt der Wanderung hatte das mit dem »Henny« angefangen? Wann hatte es überhaupt aufgehört? Vor fünf Jahren vielleicht? Und jetzt war er wieder da, der alte Kosename. Wandern brachte Wandel mit sich. Da konnte man es doch schon sehen. Sie blickte hoch.

Da stand er und sah irgendwie merkwürdig aus.

»Macht Spaß!«

Unschlüssig blieb Henriette unten, unschlüssig blickte sie hoch zu Georg, dem Mann, den sie nicht mehr lesen konnte.

»Ein Abenteuer, Henny!«

Georg schwitzte, dass konnte sie sogar von hier unten sehen. Sein Lächeln wirkte ein bisschen überspannt. Wie eingefroren.

Offensichtlich war er etwas überstrapaziert. Mit dem Husten sollte er sich eigentlich mehr schonen. Aber da würde sie jetzt nichts mehr sagen.

»Ach, ich setz mich lieber hier unten hin.«

Heute hieß die Übung: *Beobachten Sie einen Käfer.* Das würde sie jetzt tun.

Wieder nichts. Georg sorgte sich, ob er wohl vor Enttäuschung und Wut beim Abstieg stürzen würde. Erst mal bekam er einen kleinen Hustenanfall, um nicht laut »Scheiße!« brüllen zu müssen.

Während unten ein prächtiger Mistkäfer unbeholfen durch das Laub des Vorjahres wankte, erinnerte sich Henriette an das Frühstück.

Sie hatte ihren Tee getrunken.

»Warte doch, bis er nicht mehr so heiß ist.« Das hatte Georg ganz unerwartet ausgestoßen, wie ein Dampfdrucktopf, der erste Warnzeichen gibt.

»Seit wann machst du dir denn darum Sorgen?« Das wollte sie tatsächlich wissen.

»Ich kann dein Geschlürfe nicht mehr hören.« Das hatte er gesagt.

»Ach, werden wir empfindlich?« Sie konnte nicht anders.

Weit entfernt von »Henny«, das Ganze. Irgendwas passte nicht zusammen.

Der Rest war dann wieder Schweigen gewesen, Gereiztheit hier, Kränkung dort.

Der Fettfleck auf Henriettes Brillenglas wurde größer.

Der 18. Mai brach an. Von Furth nach Schönbuchen. Ihm blieb immer noch die Donau – bis dorthin war es noch ein Stück, die Donau war eine sichere Bank. Geduld, er musste geduldig sein. Aber das lag ihm nicht. Noch zwei Wochen warten? Noch zwei Wochen mit der Mordlust leben? Auch Mordlust war anstrengend.

Wieso brachte es die Alte nicht fertig, ihren Quark so zu essen, dass sie sich nicht wie eine Greisin vollkleckerte? In Henriettes Mundwinkeln lagerten feuchte Quarkseen.

»Was guckst du denn so?« Henriette wurde aufmerksam. Er musste sich besser im Griff behalten.

»Ich gucke nicht.«

»Du guckst.«

»Entschuldige mich.«

Georg stand auf. Er hätte vor Ekel würgen mögen, beließ es aber bei dem inzwischen bewährten Hustenanfall.

Draußen lehnte er sich an die Hauswand. Scheidung ging doch auch.

Scheidung ging nicht. Henriette besaß die Firma, und ihre Eltern hatten auf einem Ehevertrag bestanden. Erben, er musste erben.

»Geh vielleicht doch mal zum Arzt.« Henriette stand plötzlich neben ihm und guckte auf infame Art mitfühlend.

»Lass mich einfach in Ruhe.« Georg stieß sich von der

Hauswand ab und verschwand in der Pension. Ein Unfall war die einzige Lösung.

Heute würde es keine Gelegenheit mehr geben. Aber alles wies darauf hin, dass der große Tag unmittelbar bevorstand.

Und so brach der 19. Mai an. Von Schönbuchen nach Eck.

Mit klopfendem Herzen hatte Georg am Vorabend den Wanderführer studiert.

Felsige Pfade, Gipfelerlebnisse mit herrlicher Aussicht, Felswände für Kletterer, eine kleine Höhle zum Erforschen (auch nicht schlecht!), *alpin: das Steinbühler Gesenke, Rauchröhren – schwieriger Weg* (ja!), *steil abfallende Gneisfelsen* (noch besser!).

Bei den vielen Gelegenheiten musste etwas dabei sein.

Eine Art Glücksgefühl beschlich Georg und veranlasste ihn beim Frühstück, Henriettes Stuhl zurechtzurücken, bevor sie Platz nahm.

Ja, dieses Glücksgefühl beflügelte ihn so sehr, dass er sogar eine Art Konversation begann.

»Heute wird es besonders schön!«

»Georg, es ist immer schön. Wenn du dich für den Weg zu dir selbst interess…«

»Eine Räuberhöhle liegt auf dem Weg!«

»… für den Weg zu dir selbst interessieren würdest …«

»Romantisch, oder?«

»Du spürst dich doch gar nicht …«

»Wie bitte?«

Georg spürte sich so intensiv, dass ihn die Wut hochriss und sein Stuhl krachend zu Boden stürzte.

War jetzt auch egal. Noch maximal zehn Kilometer, dann war die Alte tot.

Sonne flutete Wälder und Feldwege, ließ Schmetterlinge schöner taumeln und Sommerwolken weißer strahlen.

Hundert Meter trennten die beiden zu Beginn der Wanderung, nach zwei Stunden waren es tausend.

Henriette umarmte in aller Ruhe Bäume. Georg hatte doch nicht alle Tassen im Schrank.

Sie schloss die Augen, die Rinde der Buche war glatt und kühl, und erst als eine Ameise über ihr Gesicht lief, ließ sie los. Immer war Georg da, immer stellte er sich zwischen sie und ihr Spüren. Sie kam einfach nicht so richtig dazu.

Henriette hatte ihre Tagesaufgabe bereits verinnerlicht.

Tauchen Sie in die Energie der Umgebung ein. Lassen Sie sich davon tragen.

Besser nicht in die von Georg. Henriette löste sich von ihrem Baum und nahm mithilfe ihrer Wanderstöcke den überraschend steilen Anstieg in Angriff. Steil, steinig – ihre Kondition ließ immer noch zu wünschen übrig.

Ein Schild tauchte auf: Räuber-Heigl-Höhle. Aha. Die »romantische Stelle«.

Große Felsen umgaben den schmalen Eingang in die Höhle, und aus der Tiefe war Georgs Stimme zu hören.

»Such mich doch!«

Der tickte doch nicht richtig. Erst beim Frühstück dieser Auftritt und jetzt das?

»Huhu! Wo bin ich denn!?«

Und heute war da etwas in Georgs Stimme, das sie frösteln ließ.

So wie er gestern gegrinst hatte, da oben auf dem Felsen, so klang jetzt seine Stimme.

Eine Familie ächzte den Pfad empor. Kinder sprangen an ihr vorbei und krakeelten in die Tiefen der einstigen Räuberzuflucht. Entsetztes und begeistertes Kreischen, als sie merkten, dass da schon jemand in der Höhle war.

Georg konnte es nicht glauben. Meist waren sie allein auf der Wanderung und nun ausgerechnet das. Ausgerechnet jetzt. Er kletterte aus der Höhle, blinzelte ins Tageslicht und wünschte sich weit weg. Da stand Henriette und verströmte diese gottverdammte Bräsigkeit, die ihn schon die ganze Zeit nervte.

Eine halbe Stunde hatte er im Dunkeln gestanden, gewartet und geplant. Eine Choreografie der Tötung hatte er entwickelt. Elegant, effizient, klar. Alles umsonst.

Er musste sich setzen.

»Geh schon mal.« Schlapp winkte er Henriette zu, so wie man jemandem zuwinkt, der's versaut hat. Abschätzig.

Dann beugte sich Georg nach vorn und bedeckte sein Gesicht mit den Händen. Er brauchte eine Mordlustpause, sonst würde er durchdrehen.

Den Rest des Tages bekamen sie einander nicht zu sehen. All die schönen Mordmöglichkeiten: ungenutzt.

Henriette umarmte noch einen Baum und spürte der möglicherweise vorhandenen Energie nach. Vergeblich. Wieder lag Irritation über ihrem Tag, und im Grunde hatte der Fettfleck Georg das erste ihrer Brillengläser inzwischen völlig blind gemacht.

Der 20. Mai brach an. Eck – Seebachschleife.

Der Große Arber. Höchster Berg im Bayerischen Wald.

Georg hatte recherchiert. Acht Tausender würden sie heute überqueren. Keine Plattformen, keine Aussichtstürme, keine Abgründe.

Die Luft war heute mit klammer Kälte getränkt. Nebel hing beim Anstieg zwischen den Wipfeln, und oben angekommen erstreckten sich Baumgerippe wie Segelmaste auf einem Schiffsfriedhof bis zum Horizont. Borkenkäfer und ein Orkan hatten ganze Arbeit geleistet.

Henriette wollte sich auf keinen Fall mit der Energie von Gerippen und umgestürzten Bäumen verbinden. Auch nicht mit Nebel und Nieselregen. Es war ein trostloser Tag.

Sie war in der Stimmung, sich mit Georg zu versöhnen.

»Georg, kannst du mal anhalten?«

Er blieb stehen, drehte sich aber nicht um.

»Ich finde, wir sollten …« Sie sprach zu Georgs Rücken.

»Kannst du dich bitte mal umdrehen?«

Georg drehte sich um.

Henriette hatte seit Tagen weder Zeit noch Lust ge-habt, sich mit Georg zu befassen. Sollte der doch vor-anlaufen, sollte der doch seltsam sein.

»Was is'?« Georg blickte über sie hinweg in die Ferne.

»Ich würde gern mit dir reden.«

Er begann, die nähere Umgebung zu taxieren. Schöne große Steine? Ein Abgrund? Irgendwas?

Nichts.

»Ah ja?«

»Ich finde, wir sollten doch auf der Wanderung mehr zueinanderfinden, aber so, wie es bis jetzt läuft …«

Vielleicht konnte ja ein Ast, ein großer Ast, der könn-te ja vom Baum gefallen sein. Direkt auf Henriette.

Georg sah sich um.

»Du hörst mir gar nicht zu!«

»Doch, doch, Hennylein, ich hör dir zu.«

»Dann guck mich gefälligst mal an!«

Fehler.

»Schätzelein, wenn du so aggressiv bist …«

Ausgezeichnet. Gesprächsabbruch und Henriette war schuld.

Auf Gequatsche hatte er echt keine Lust. Der Wunsch, Frieden zu finden, flammte frisch befeuert auf.

Die nächsten Stunden verbrachte er damit, nach idealen Szenarien für einen Unfall zu suchen. Nichts.

Es blieb der Strohhalm Donau.

Der 21. Mai brach an. Seebachschleife – Schutzhaus am Falkenstein.

Der Wanderführer gab nicht viel her. Schöne Waldwege und -pfade. Urige Gasthäuser. Almwiesen. Nichts konnte sein suchendes Auge erfreuen.

Aber dann hatte ihn das Wort Urwald elektrisiert. *Urwald.*

Wenn es da keine herabstürzenden Äste gab, wo dann? Henriette auf einem Baumstumpf. An einem Brot herumschmatzend. Und gerade wenn sie mal wieder diese Bewegung, die er nicht mehr ertrug, diese Bewegung, mit der sie drei Haare aus der Stirn warf, diese dämliche, affektierte Geste, wenn sie die machte, dann würde er von hinten zuschlagen. Mit einem kräftigen Ast. Ende, erledigt. Einfach so liegen lassen. Wenn er Glück hatte, gab es da nicht mal Netz. Und dann gemütlich zurück, sich sammeln und einen Krankenwagen rufen.

»Georg, guck mal.« Henriette unterbrach seinen Gedankenstrom. »Das Schild.«

Beinahe hätte Georg gejuchzt. Stattdessen bekam er einen argen Hustenzustand, es zerriss ihn fast.

Ein Schild hing da am Baum. Orangefarben. Unten ein Piktogramm mit einer Person, der ein halber Baum auf den Kopf fällt.

Text: *Zu den typischen Gefahren im Nationalpark gehören umstürzende Bäume und herabfallende Äste.*

»Das kann doch einen Seemann nicht erschüttern, Henny, was?« Am liebsten hätte er Henriette ordentlich auf den Rücken geklopft.

»Henny, was?« Georg stand da, der Husten hatte ihm einen Schluckauf beschert, und nickte anhaltend in Richtung des Schilds.

Henriette wunderte sich. Vielleicht war Georg krank? Also psychisch? Was wusste sie schon, sie sprachen ja nicht miteinander.

Im Wald lagen Baumriesen wie auf einem Elefantenfriedhof kreuz und quer. So sah also ein echter Urwald aus. Henriette spürte es mit jeder Faser ihres Seins: Sie war an einem magischen Ort.

Geben Sie Ihren positiven Empfindungen Raum.

Sie wollte es ganz fest versuchen, auch wenn Georg dabei war.

Der drehte sich gerade zu ihr um.

Keiner hinter Henriette. Überall herabgestürzte Äste. Hier würde er es schaffen.

Sein Herz begann, schneller zu schlagen. Es war ein bisschen, wie vom Zehner zu springen. Plötzlich war er da, der Moment, und nun galt es.

Einfach von hinten eins auf die Birne. Fehlte nur noch der Ast.

»Henny, geh doch mal vor.« Georg war stehen geblieben. Sein Puls lag bei zweihundert.

»Nö.«

»Jetzt geh doch mal!«

Henriette wusste, irgendetwas Positivem nachzuspüren war in Georgs Anwesenheit ganz und gar unmöglich.

»Georg, deine negative Energie ist heute wirklich besonders unerträglich.«

Und dann das: Stimmen.

Hinter Henriette war eine Wandergruppe von der Größe einer Reisebusbesatzung aufgetaucht. Ohne ein weiteres Wort wurde sie aufgesogen von dieser fröhlichen Gruppe rheinischer Frauen in Wanderleggings, und hätte Georg eine Kalaschnikow dabeigehabt, er hätte nicht gezögert, so wütend war er.

Der 22. Mai brach an. Falkenstein-Schutzhaus – Spiegelau.

Georg sah wirklich schlecht aus. Gealtert irgendwie.

Sie hatten in verschiedenen Zimmern geschlafen, das Schutzhaus war fast leer.

»Georg, du siehst schlecht aus.«

Getrennte Zimmer, getrenntes Frühstück. Jetzt verstaute Henriette ihren Proviant im Rucksack und warf ihre drei Haare aus der Stirn.

»Was kümmert's dich?«

Dreißig Kilometer lagen heute vor ihnen.

Nachts hatte er wach gelegen und ein wenig geschluchzt. Es konnte doch nicht so schwer sein.

Er hatte Henriette ertappt, wie sie in einem Büchlein las und halblaut murmelte: *Suche nicht nach dem Glück, lass los, und das Glück wird dich finden.*

Eso-Scheiße. Aber vielleicht strengte er sich tatsächlich zu sehr an.

Wieder ergossen sich Sonnerstrahlen über den Bayerischen Wald, machten das Grün des Heidelbeerkrauts auf den Almwiesen noch grüner und malten Lichtflecken auf die schmalen Waldwege. Eine friedvoll warme Landschaft.

Und dann, dann geschah es doch.

Sie waren über einen langen Holzsteg gelaufen. Henriette hatte angehalten und ein kleines Schild gemustert. Da war ein Mann zu sehen, der einen Ausfallschritt zur Seite machte und den ein dicker roter Strich diagonal zweiteilte. Offensichtlich empfahl es sich, den Steg auf keinen Fall zu verlassen. Es sei denn, man wollte als Moorleiche enden.

Jetzt, Georg, jetzt! Keiner da! Nur die liebe Sonne.

Die letzten Schritte rannte er, um ganz sicherzugehen. Seine Stöcke zielten nach vorn, er würde sie nicht mal anfassen müssen, die dämliche Alte, volle Konzentration, alle Sinne beisammen, nicht zu laut auftreten, sonst würde sie sich umdrehen, also anschleichen, rennend anschleichen, jetzt, Georg, jetzt!

Das Geräusch des Körpers, der ins Moorwasser stürzte, krachte brachial in die Stille der Mittagshitze hinein.

Der anschließende Todeskampf, das Rudern mit den Armen, das Rufen und Gurgeln gab einen Lärm, über den ungerührt, still und freundlich am blauen Himmel kleine Sommerwolken hinwegzogen.

Henriette hatte sich nach einem Taschentuch gebückt, Georg hatte sie verfehlt und war ungebremst vom Steg gesegelt.

Langsam war sie weitergegangen, leise murmelnd, und ein paar Tage lang raunte sie ihn noch vor sich hin, den Satz: *Lass los, und das Glück wird dich finden.*

Und für ein, zwei Nächte konnte man sie noch sehen, die zwei Vollmonde im Wasser.

Aus einem ganz bestimmten Winkel. Wenn man davon wusste.

Den Mond und Georgs weißes Gesicht, über das dann und wann eine Wasserschnecke spazierte, auf dessen Stirn ein Blättchen herabgesunken war und das schon bald ganz und gar im Moor versunken sein würde.

Also war es doch noch so gekommen, wie er es sich gewünscht hatte.

Endlich Frieden.

Marie-Luise Artelt

Marie-Luise Artelt wurde in Unterfranken geboren, hat dort ihre Kindheit verbracht und lebt und arbeitet derzeit in Berlin.

Das Herz der studierten Kunsthistorikerin schlägt für fantastische Geschichten, mystische Poesie und spannende Erzählungen, die die Grenzen der Realität aufheben. Seit fünf Jahren beschäftigt sie sich intensiv mit der Ausarbeitung ihrer historischen Fantasy-Trilogie, deren erster Teil kurz vor seiner Vollendung steht.

Ihr Credo:
Eine fantastische Geschichte ist der Anfang einer unvergesslichen Gedankenreise!

Anne Bandel

Anne Bandel stammt aus Berlin und liebt das Absurde und Skurrile.

Zurzeit arbeitet sie am dritten Band ihrer Kornmaier-Reihe. Kornmaier, der boxende Rechtsanwalt, der eigentlich seine Ruhe möchte, aber immer wieder in misslichen, gar mörderischen Situationen landet und dann leider doch eingreifen muss.

Credo? Kornmaier würde auf keinen Fall ein Credo haben wollen.

Rudolf Goebel

Rudolf Goebel wuchs auf im Ruhrpott und lebt und arbeitet seit 2012 in Berlin.

Er hat einiges davon durch, was Menschen nachts bewegt zwischen Traum und Tod: von Nachtwachen auf Intensivstationen über musikalisches Keyboarder-Nightlife zwischen New Wave und Jazz bis zum Job als Werbetexter, der eines Tages den spitzen Schrei einer Sau hörte, die sich leichtsinnig vor Perlen warf und erkannte, wie blutig das Leben doch ist.

Sein aktuelles Credo: Endlich Blutdruck im Buchdruck.

E. K. Yahoual

Die Autorin hat als Sängerin unter den Künstlernamen Katie LaVoix und Rye über drei Dekaden ein intensives Musikerinnen-Leben auf internationalen Bühnen geführt und als Komponistin, Texterin und Arrangeurin für circa fünfzig internationale Veröffentlichungen verantwortlich gezeichnet.

In den Neunzigerjahren begann sie, diverse Prosatexte zu schreiben, darunter vor allem Kurzgeschichten und Märchen. Seit 2016 sind mittlerweile auch drei Romane entstanden.

Ihr Credo:
Gute Geschichten sind Soul Food: absolut unverzichtbar!